玩玩学学双休日

丛书主编 吴庆芳

本册主编 何 劝 涂 念 高 艳

参 编 白相兰 李小平 成 华 佘雄超

涂琼华 张 萍 王 飞 田方梅

付在红 谭则海 高 艳 郑 慧

夏朝亮 陈 琼

机械工业出版社
CHINA MACHINE PRESS

本书是一本让一年级小学生在双休日既能玩又能综合学习的“助学”类图书。一方面，它综合了语文、数学、英语、百科等科目知识，并按照大纲要求对一年级的知识系统进行了全面、科学、合理的内容设置；另一方面，提供丰富多样的趣味习题，包括听、说、读、写、算、唱、玩、思、实践等多种形式的练习题，能够让学生在双休日中轻松地完成各科学习，综合提升学生素质。

图书在版编目(CIP)数据

玩玩学学双休日．一年级/吴庆芳丛书主编，何劝，涂念，高艳本册主编．—北京：机械工业出版社，2011．6

(优博书系)

ISBN 978-7-111-35402-4

Ⅰ．①玩… Ⅱ．①吴…②何…③涂…④高 Ⅲ．①课程—小学—教学参考资料 Ⅳ．①G624

中国版本图书馆 CIP 数据核字(2011)第 143586 号

机械工业出版社(北京市百万庄大街 22 号 邮政编码 100037)
策划编辑：徐曙宁 责任编辑：徐曙宁 王 虹
责任印制：李 妍
北京振兴源印务有限公司印刷
2011 年 8 月第 1 版第 1 次印刷
184mm×260mm・11 印张・220 千字
标准书号：ISBN 978-7-111-35402-4
定价：19．80 元

凡购本书，如有缺页、倒页、脱页，由本社发行部调换

电话服务	网络服务
社服务中心：(010)88361066	门户网：http://www.cmpbook.com
销售一部：(010)68326294	教材网：http://www.cmpedu.com
销售二部：(010)88379649	
读者购书热线：(010)88379203	**封面无防伪标均为盗版**

前言

小朋友们好！

你们会不会经常逛书店呢？那些琳琅满目的同步教辅书和课外读物，会不会让你们眼花缭乱呢？虽然那些书种类繁多，却很难找到一种多学科完美结合的书，更难找到一种玩学合一的双休日专用书。实际上,无论你们还是你们的老师、家长，都希望有一套在双休日既能玩又能学的书；都希望有一套在玩中学、学中玩，既能玩好又能学好的书；都希望有一套既能练语文、数学，又能练英语、学百科的书。应广大学生、老师和家长的要求，我们组织编写了《玩玩学学双休日》丛书，针对一年的50多个双休日精心设置了玩学内容。每周的栏目及内容如下：

学一学语文 按知识点创设习题，习题之后的“周周好积累”内容包括归类学成语、名人名言、俗语、警句，学国学等等。

习一习数学 依据教材，按进度设置习题，习题之后设“你知道吗？”或“数学小游戏”两大内容。

练一练英语 采用习题和讲解结合的方式，提供英语学习内容。

玩一玩百科 每个年级的“百科”内容进行总体规划，系统设计，涉及语、数、英三科之外的知识，做到了阅读性与练习性相结合，动手、动口、动脑相结合。

每册书的语文、数学、英语和百科各自含有**52**个知识点。知识点是依据“新课标”几大版本的教材及小学各年级学生的认知水平设置的。各科知识点内容丰富、覆盖全面；练习题趣味性强，材料与题型新颖；学玩形式丰富多样，包括听、说、读、写、算、画、唱、玩、思与实践等。

语文内容涉及拼音、汉字、词语、句子、段落、篇章、阅读、口语交际、习作、写话、小练笔、综合性学习等；数学知识点以人教版、北师版、苏教版、西师版等版本的相应年级教材为依据；一、二年级的英语主要是让学生初步接触、感知和体验，三至六年级英语以人教PEP版、外研版等版本教材为参照，注重知识的巩固与能力的训练。

《玩玩学学双休日》是目前图书市场上第一套玩学结合、学科融合、课内外整合的好书。这套书为常销书，一年四季都可以购买、使用；这套书不受教材版本限制，适合全国各地的学生使用；这套书既是“助学”类图书，又是提升学生综合素质类的图书。

小朋友们，请你使用《玩玩学学双休日》，它一定会让你一书在手，各科都有；一书在手，学习无忧！

小朋友们，请推荐你的朋友和同学使用《玩玩学学双休日》，它一定会让你们越玩越聪明，越学越优秀！

编 者

玩玩学学双休

目录

快乐学习双休日

上学期 十二月

上学期 一月

寒假 二月

下学期 三月

下学期 四月

下学期 五月

玩玩学学双休日

下学期 六月

暑假 七月

暑假 八月

单韵母

一、你知道字母宝宝住在哪层楼房里吗？写一写。

ɑ

i

ü

二、我会给下面的字母戴帽子。

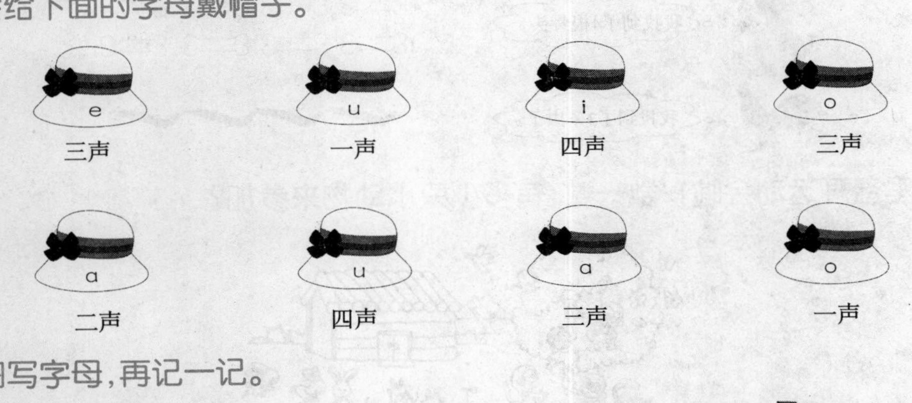

三、看图写字母，再记一记。

周周好积累

字母书写歌

拼音歌，四条线，

拼音字母住里面。

住上格的不顶线，

住下格的不贴边，

中格写满记心间。

数学　数一数

一、你能帮小动物们把找到的食物圈起来吗？

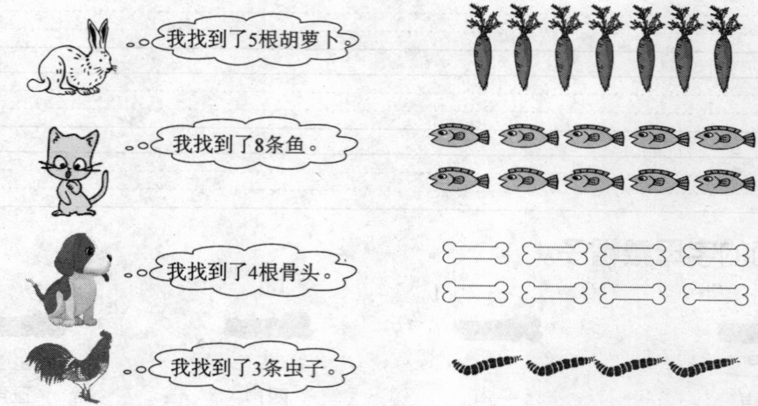

我找到了5根胡萝卜。
我找到了8条鱼。
我找到了4根骨头。
我找到了3条虫子。

二、森林里召开运动会啦！数一数，有多少只小动物来参加？

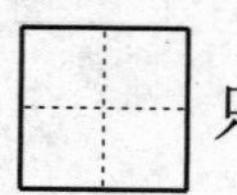
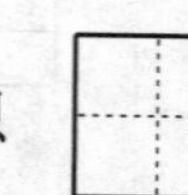
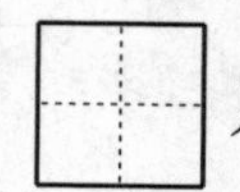
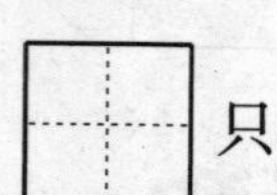

小鸟 □只　小猴 □只　小羊 □只　小兔 □只　小鸭子 □只

数学小游戏　你能找到哪些数字？

(1)

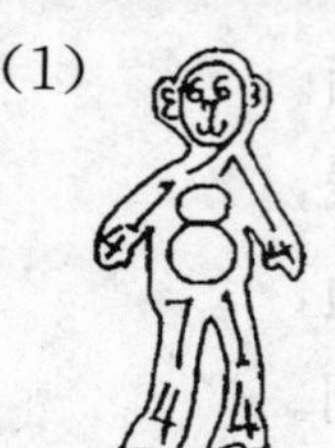

(2)

第1周 练一练

问候语与打招呼（1）

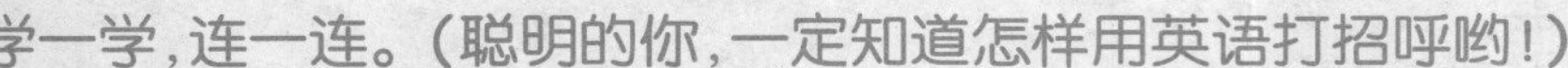

学一学，连一连。（聪明的你，一定知道怎样用英语打招呼哟！）

1.

Hi!

喂！（或你好！）

2.

Hello!

Good morning!
早上好！
（或上午好！）

3.

Good afternoon!

Good afternoon!
下午好！

第1周 玩一玩

低碳生活，从点滴做起

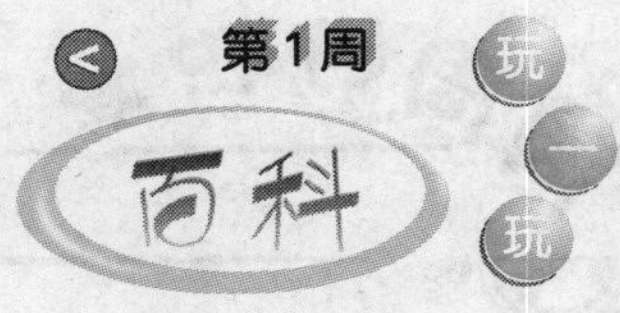

所谓“低碳生活”，就是尽量减少生活作息时间内所耗用的能量，从而减低二氧化碳的排放量。小学生的低碳生活具体表现在：

1. 多用永久性的筷子与饭盒。
2. 养成随手关闭电器的习惯。
3. 出门购物尽量使用环保袋。
4. 出门自带喝水杯。
5. 少用纸巾，重拾手帕。

……

一、读读比比，再写一写。

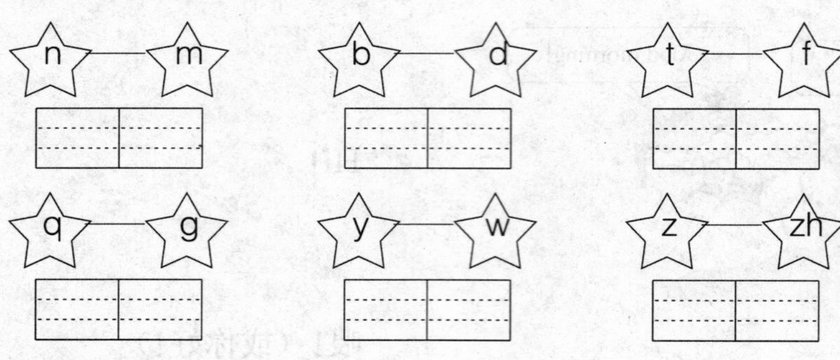

二、神奇变变变。

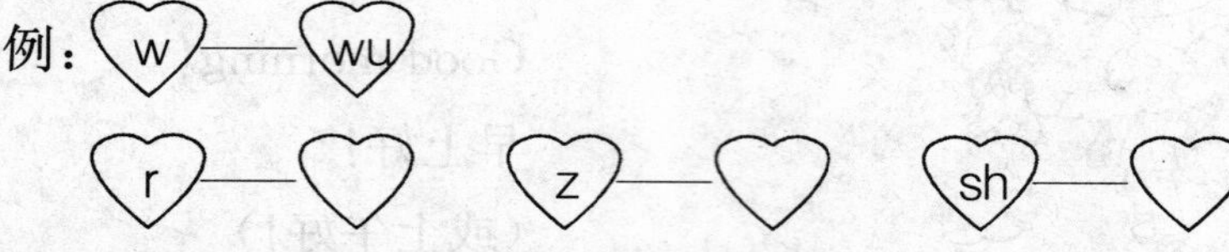

三、找出下列音节的声母，写在四线格里。

四、读儿歌，写出声母。

左下半圆就是____，右下半圆就是____，一个门洞就是____，二个门洞就是____，

一根小棍是个____，一条鱼尾就是____，左上半圆就是____，右上半圆就是____。

轻轻跳

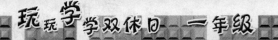

小兔小兔轻轻跳，
小狗小狗慢慢跑，
要是踩疼了小草，
我就不跟你们好。

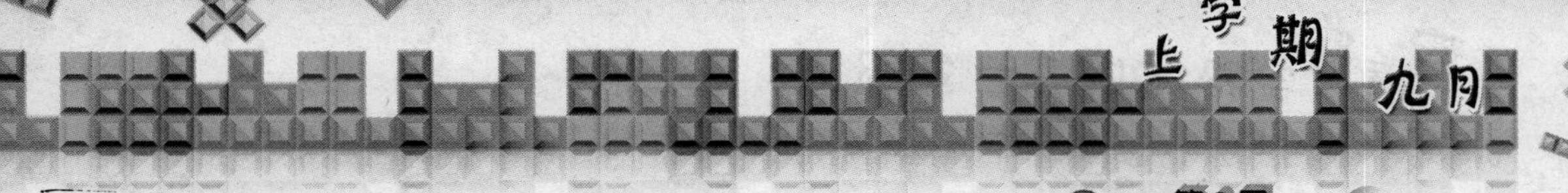

一、在多的一面画√，少的一面画○。

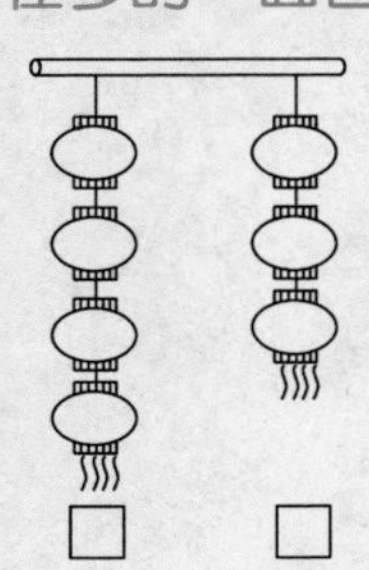

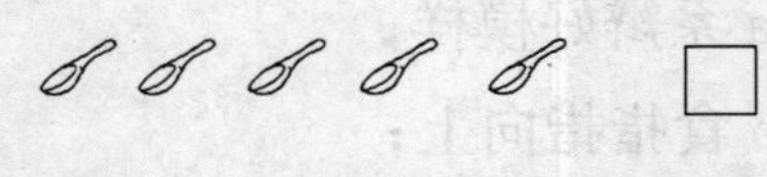

二、哪根绳子最长？在□里画√。

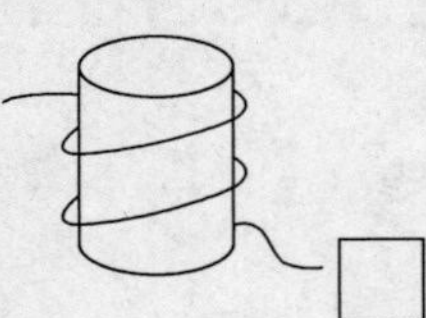

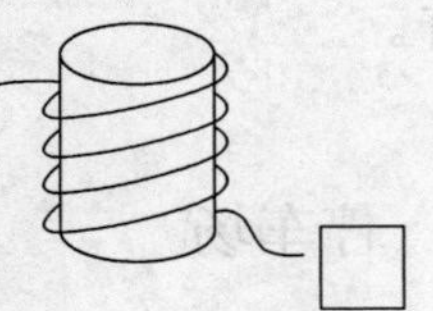

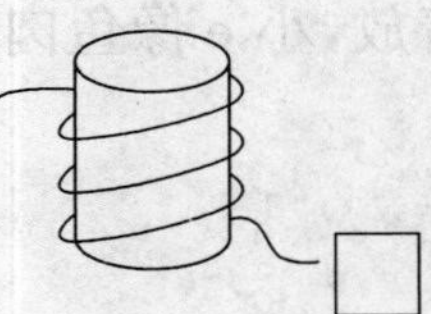

三、小动物沿指定的道路去上学，哪只小动物走的道路离学校最近？距离学校最近的画√。

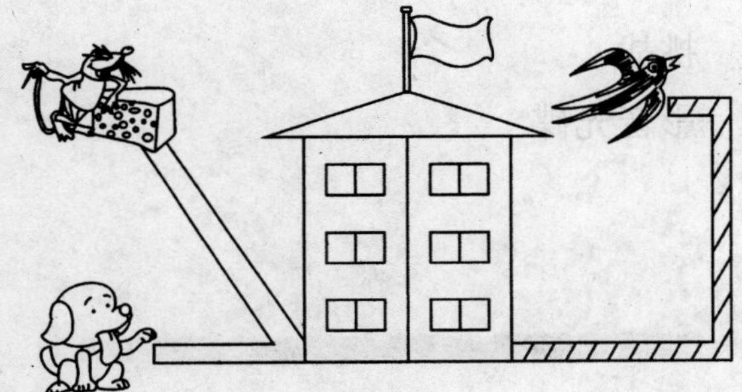

数学小游戏

铁块放入杯中后，哪杯水升得最高？

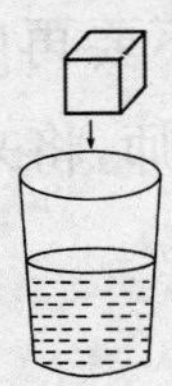

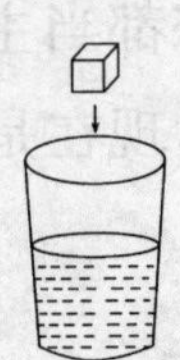

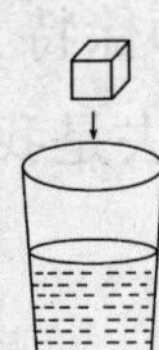

练一练 第2周

英语 认读字母 Aa~Ee（1）

一、说歌谣，学字母 Aa，Bb，Cc，Dd 和 Ee。

大 A 箭头指上方，小 a 系辫好模样；

大 B 耳朵右边长，小 b 食指指向上；

大 C 吃饭把嘴张，小 c 大 C 一个样；

大 D 肚子圆又胖，小 d 五线谱里藏；

大 E 将山竖着放，小 e 像鱼肉真香。

二、猜一猜，连一连。

1. hi	停车场
2. VCD	克
3. CCTV	喂
4. P	中央电视台
5. g	挑战
6. PK	影音光碟

玩一玩 第2周

百科 尊师的毛泽东

一提起老师，人们就情不自禁地想起了春蚕，想起了蜡烛，想起了默默无闻辛勤工作的园丁。今天，让我们在教师节这个特别的日子里，一起来聆听一段关于伟大领袖毛泽东尊师的故事吧！

毛泽东当了主席后，每天工作都很忙，但他仍然不忘时常问候自己年迈的老师。一次，毛泽东的老师徐特立说："您都当主席了，不要再叫我老师了。"毛泽东当即就反驳说："不！您过去是我的老师，现在是我的老师，将来，您还是我的老师。"

复韵母

一、我会写出带调的复韵母。

ɑi					ún				
er					ie				
ing					ou				

二、把单韵母组成复韵母写下来。

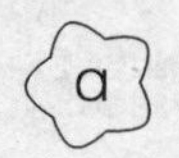

三、房子分家。

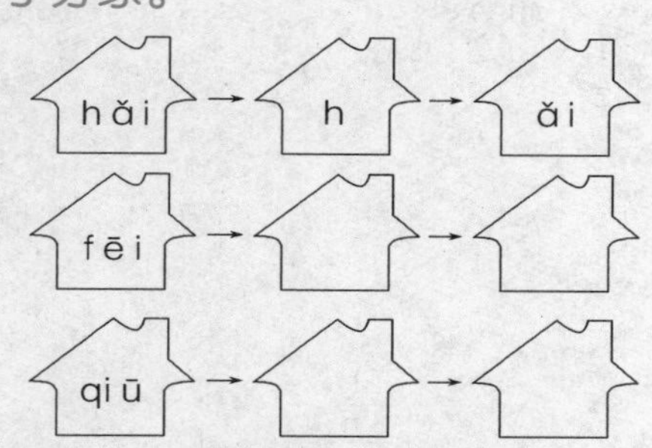

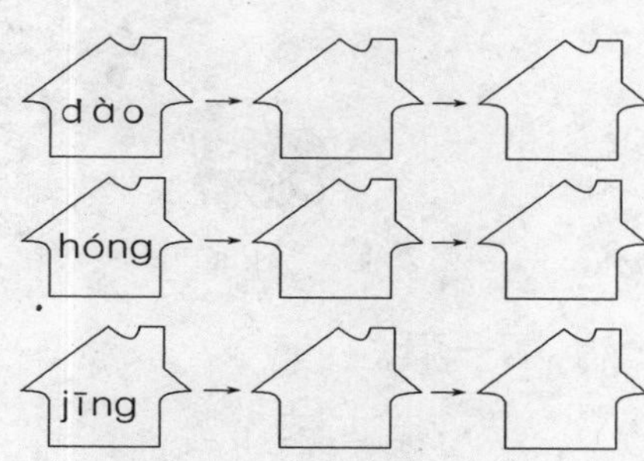

四、看图选韵母，填一填。

ēi　íng　ái　ǎn

b	yún

p	guǒ

yǔ	s

chá	b

周周好积累

标调歌

有 ɑ 别放过，
没 ɑ 找 o、e，
i、u 并列标在后，
单个韵母不必说。

小 ü 见到 j、q、x，去掉两点还读 ü。
j、q、x，真淘气，
从不和 u 在一起。
它们和 ü 来相拼，见了帽子就摘去。

1～5的认识

一、下面的动物各像数字几？把它们写出来。

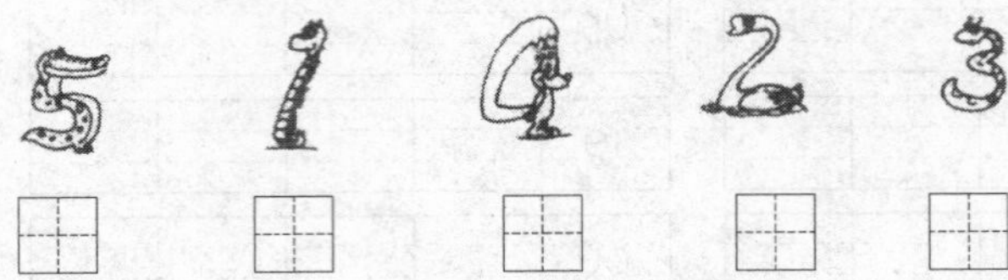

二、瞧，小动物们在爬山呢！

三、想一想，猜一猜。

( )

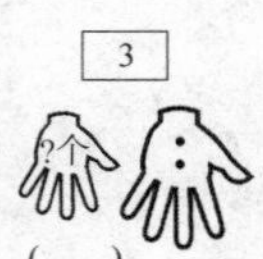

( )

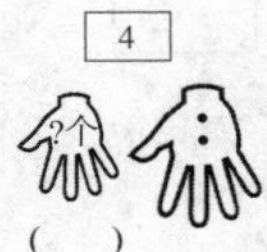

( )

四、帮小兔把这些数字卡片排一排。

[4] [3] [1] [5] [2]

○>○>○>○>○

数学小游戏

按从1～5的顺序，画出走出迷宫的线路图。

2	1	3	2	1
3	5	4	3	4
4	5	1	2	5
5	4	3	2	1

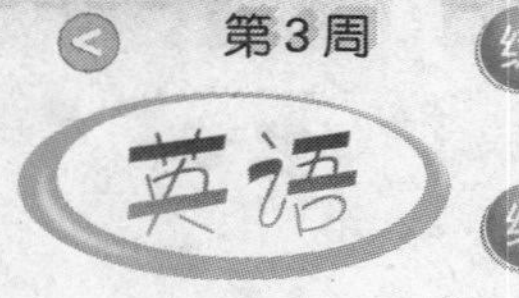

第3周 练一练

认读字母Aa~Ee (2)

英语

一、找朋友。(将相对应的大小写字母连起来)

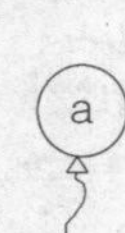

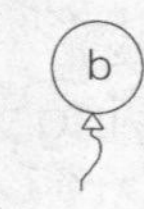

二、仿照范例,写一写。

A a

B b

C c

D d

E e

第3周 玩一玩

九种长相奇特的淡水观赏鱼

百科

银鱼

孔雀鱼

兰寿金鱼

肺鱼

雀鳝

丽鱼

地图鱼

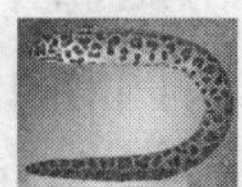

斑鳗

清道夫

第4周

整体认读音节

一、我会找。

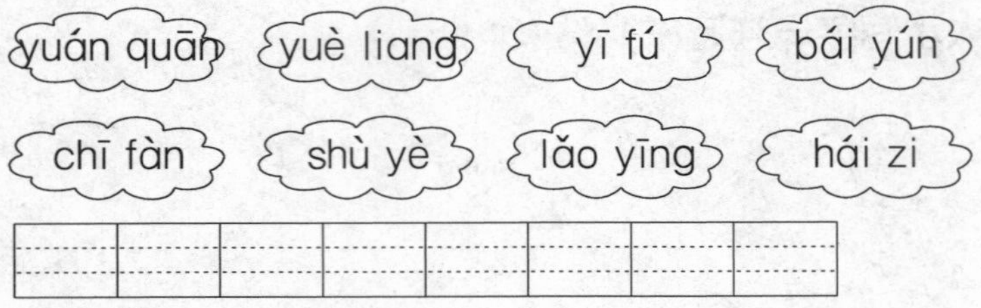

二、摘苹果。

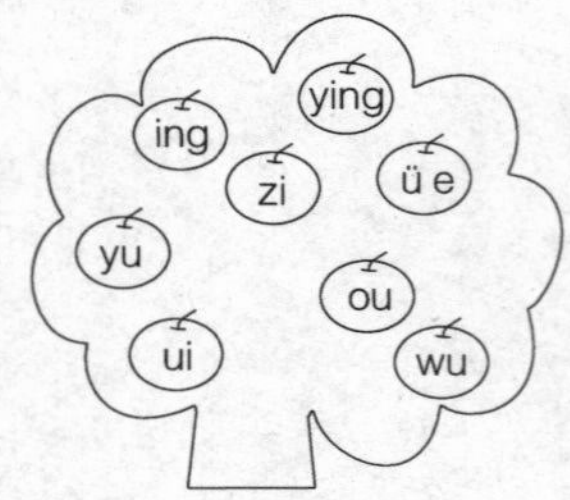

复韵母：

整体认读音节：

三、看图写音节。

10

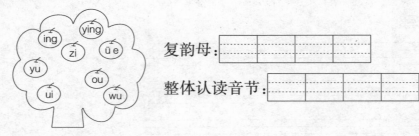

wū

写出整体认读音节后，别忘了标声调哦！

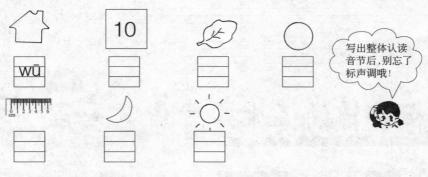

周周好积累

绕口令

四是四，十是十，
十四是十四，
四十是四十，
分清四和十，
多来试一试。

5以内的加减法

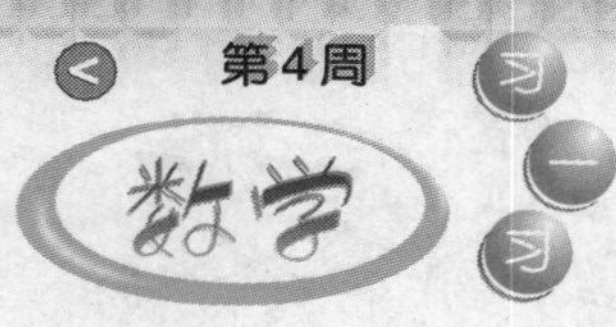

一、顺着小熊的脚印回家。

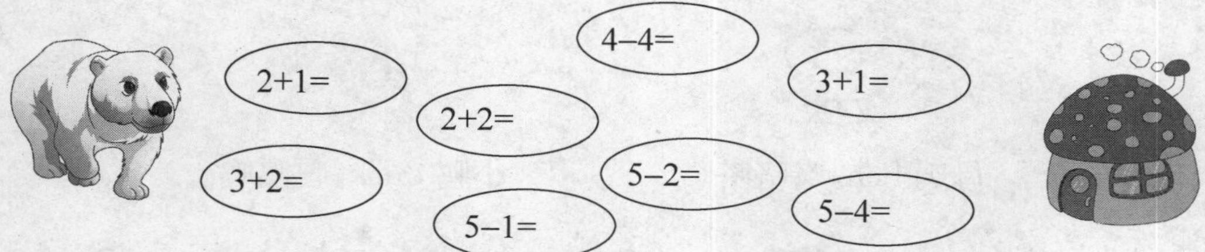

二、看小瓢虫会停在哪片树叶上？（连一连）

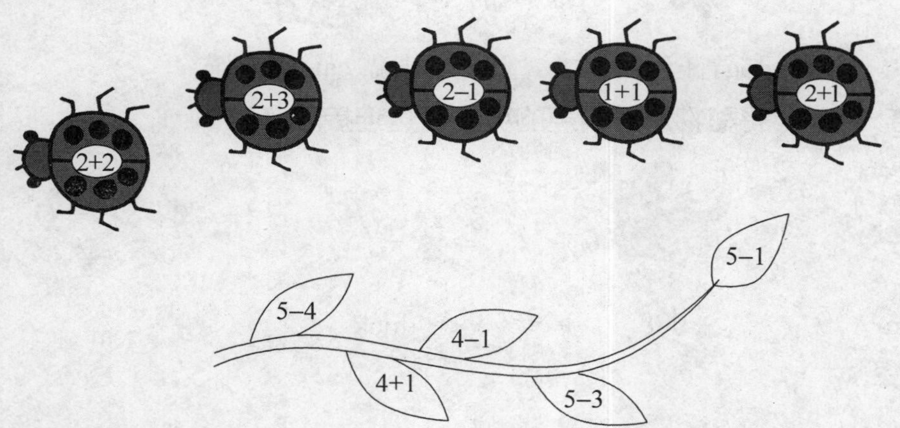

三、看图写算式。

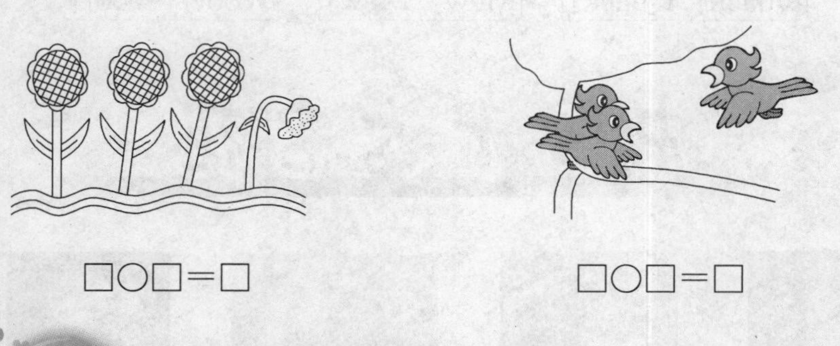

□○□＝□　　□○□＝□

你知道吗？

符号“+”和“−”是五百年前由一位德国人最先使用的。当时它们并不表示“加上”和“减去”，直到三百多年前才正式用来表示“加上”和“减去”。

第4周

英语 动物园里真热闹（1）

一、说歌谣，学英语。

母鸡 hen，咯咯嗒。

小鸭 duck，嘎嘎嘎。

小狗 dog，汪汪汪。

小猫 cat，喵喵喵。

二、猜一猜，连一连。（将动物及其叫声的英文表达连接起来）

1. 
2. 
3. 
4. 

hen　　dog　　duck　　cat

Cluck! Cluck!　　Quack! Quack!　　Mew! Mew!　　Woof! Woof!

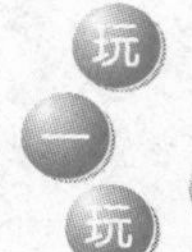

第4周

百科 中国十大名花

花中娇客——茶花

日月常开——月季

花中之魁——梅花

清丽脱俗——荷花

凌霜绽妍——菊花

凌波玉立——水仙

繁花似锦——杜鹃

十里飘香——桂花

王者之香——兰花

花中之王——牡丹

综合性学习：在生活中识字

一、给你认识的姓涂上颜色。

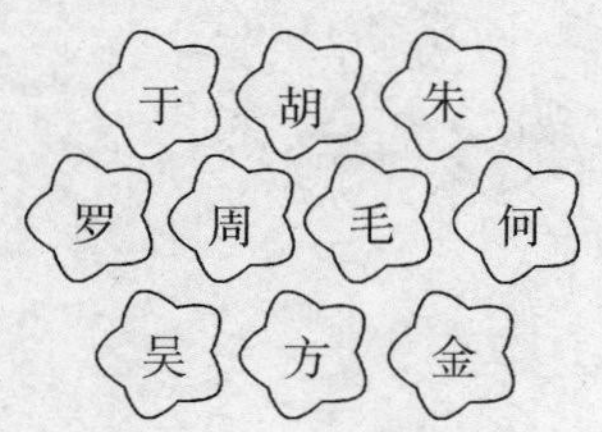

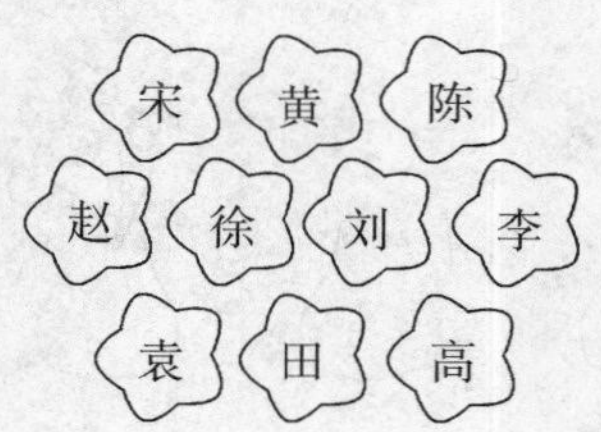

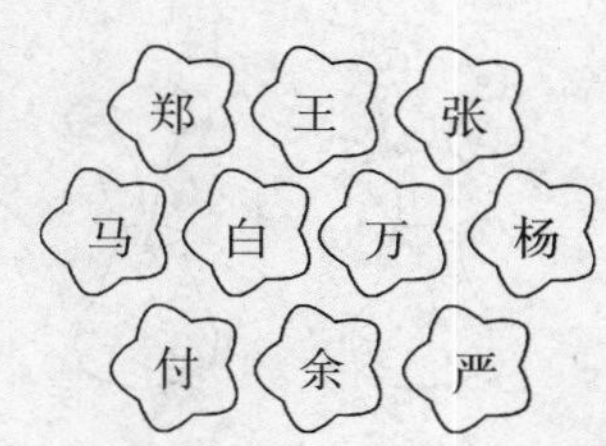

二、这些字你见过吗？认一认。

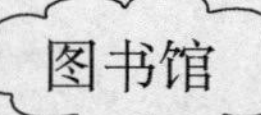

医院
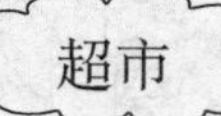

男女 报纸

火车站 体育馆
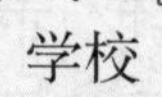

文具 汽车

下雨 水果 车站 银行 飞机场

1. 明明想去看书，他应该去______________。
2. 丽丽一家人想去北京旅行，他们可以去______________。
3. 奶奶想去检查身体，她应该去______________。

三、你在电视上或是课外书上认识了哪些字？把它们写下来。

周周好积累

《弟子规》（节选）

凡是人　皆须爱　　天同覆　地同载
行高者　名自高　　人所重　非貌高

不力行　但学文　　长浮华　成何人
但力行　不学文　　任己见　昧理真

0的认识和加减法

一、每个花瓶里有几朵花？写在花瓶上。

二、按顺序坐。

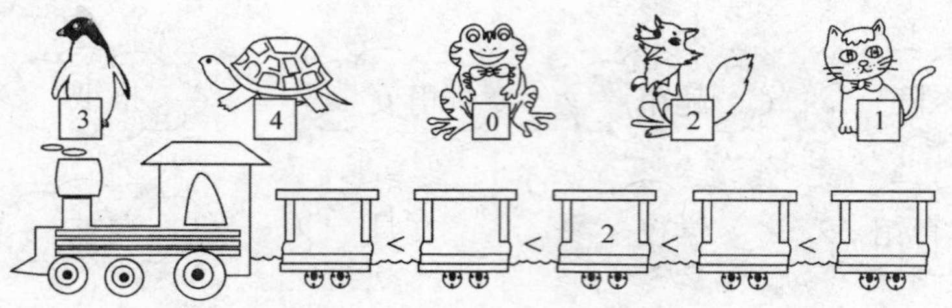

三、母鸡下的蛋是多少？

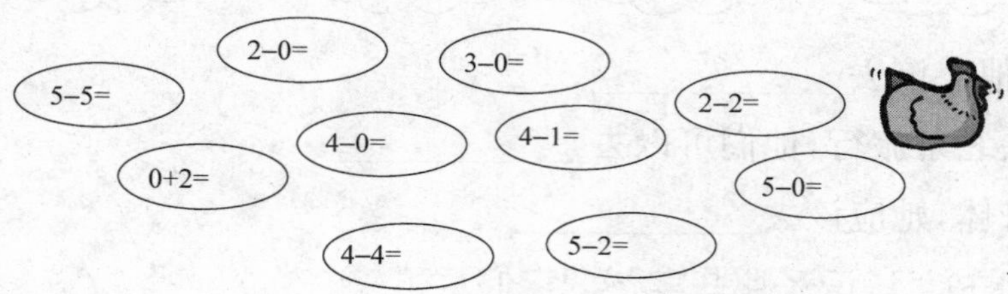

四、看图写算式。

你知道吗？ 0的作用

0表示什么也没有，可是它的作用却很大。如果10后面的0没有了，就变成了1，相反1后面加个0，就变成了10。再如0.03的小数点后面多写个0就变成了0.003，少写个0就变成了0.3。这样，数与数之间就产生了差异。因此，我们做题时一定要认真、仔细，养成良好的学习习惯。

第5周

问候语与打招呼（2）

英语 练一练

学一学，连一连。（你是英语小天才，一定知道怎样用英语打招呼哟！）

1.

How do you do?

2.

Good evening!

Good evening!（晚上好！）　Nice to meet you.（很高兴见到你！）

How do you do?（您好！）　Bye!（再见！）

3.

Goodbye!

4.

Nice to meet you,too.

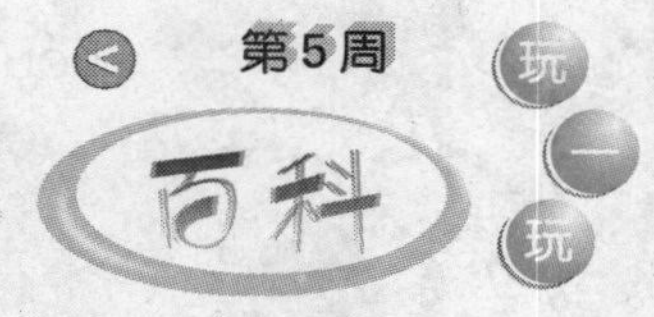

第5周

中华人民共和国国旗和国徽

百科 玩一玩

中华人民共和国国旗是五星红旗，它是中华人民共和国的象征和标志。五星红旗的旗面为红色，长宽比例为 3 ∶ 2。左上方缀黄色五角星五颗，四颗小星环拱在一颗大星的右面，并各有一个角尖正对大星的中心点。1、4 颗红星对齐，2、3 颗红星对齐。

中华人民共和国国徽是中华人民共和国主权的象征和标志。国徽图案内容为中华人民共和国国旗、天安门、齿轮和谷穗。

汉语拼音综合练习

一、看图把音节补充完整。

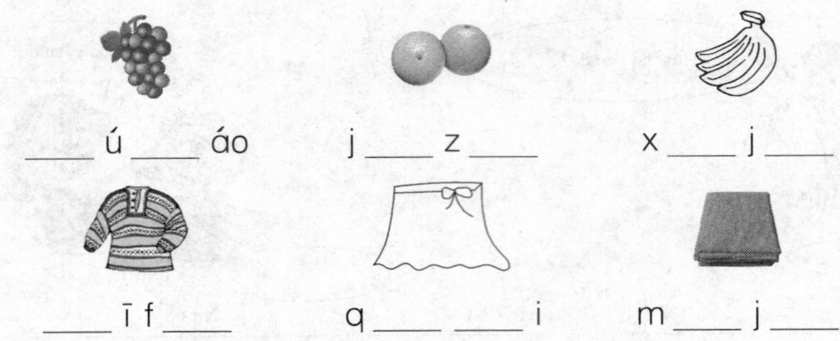

____ú____áo　　j____z____　　x____j____

____ī f____　　q____ ____i　　m____j____

二、找出韵母宝宝，并涂一涂。

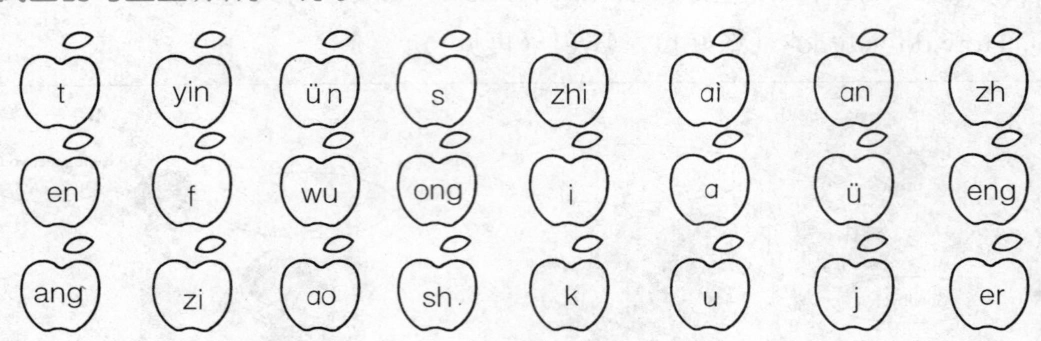

三、巧嘴巴，会说话。

1. hóu zi ____ táo zi。

2. xiǎo māo ____ lǎo shǔ。

周周好积累

《千字文》(节选)

• 天地玄黄　宇宙洪荒　日月盈昃　辰宿列张
寒来暑往　秋收冬藏　闰余成岁　律召调阳

• 外受傅训　入奉母仪　诸姑伯叔　犹子比儿
孔怀兄弟　同气连枝　交友投分　切磨箴规

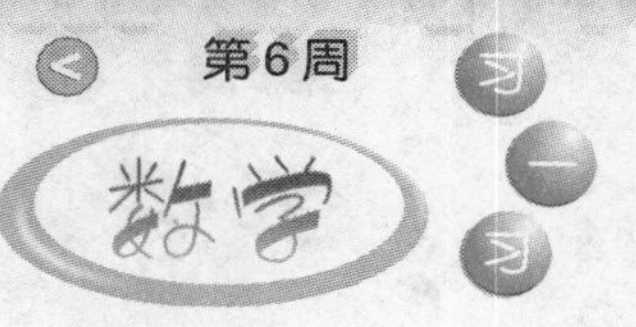

认识物体和图形

一、请帮小猫将各种图形分开放好，把编号写在圆圈里。

二、涂一涂。

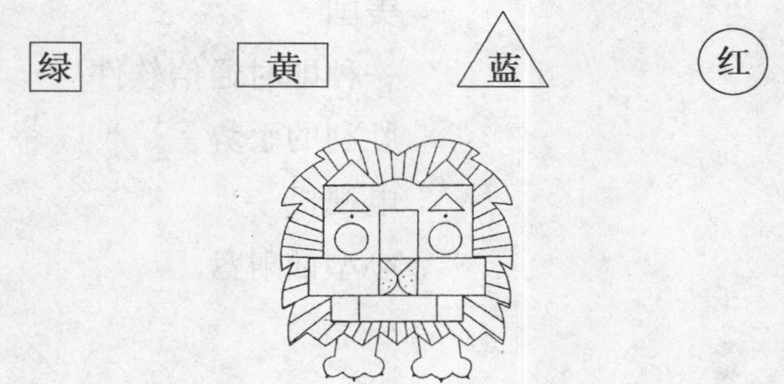

三、数一数。

你知道吗?

你见过这些标志吗？你能说出它们的形状和含义吗？

你还见过其他的标志吗？和本组的同学互相说一说。

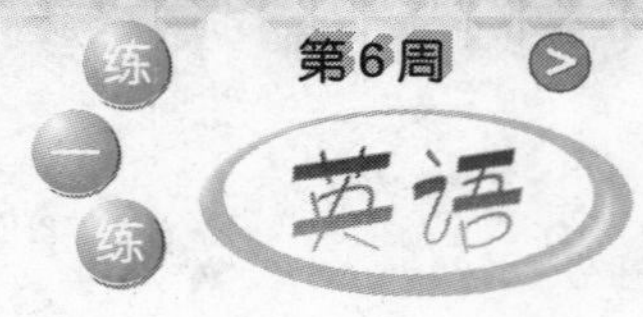

认读字母Ff~Jj(1)

一、说歌谣,学字母 Ff,Gg,Hh,Ii 和 Jj。

大 F 像旗杆上绑， 小 f 像一小拐杖；
大 G 像 C 挂条腿， 小 g 大辫真正长；
大 H 工字放倒写， 小 h 椅子侧着放；
大 I 工字中间长， 小 i 像人跪地上；
大 J 长得多像“厂”， 小 j 子弹射出枪。

二、猜一猜,连一连。

1. CD	美国
2. TV	一种即时通信软件
3. USA	胜利的手势
4. QQ	电视机
5. V	小型镭射盘

你认识这些蔬菜吗?

胡萝卜

西红柿

黄瓜

茄子

大白菜

芹菜

南瓜

辣椒

大蒜

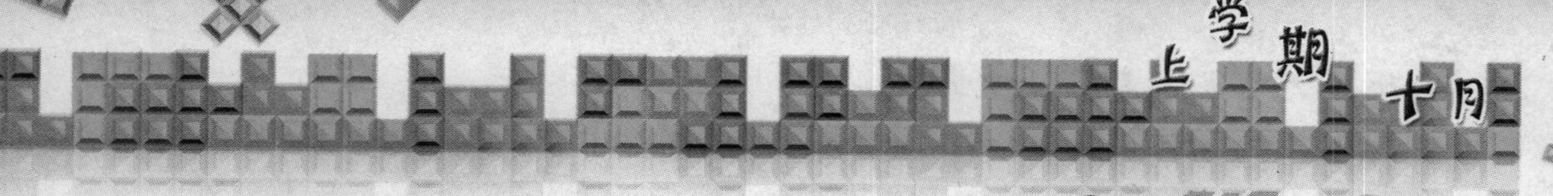

笔画、笔顺

一、送小鸟回家。

二、拼一拼，看看星星里应该写什么？

三、我会写笔顺。

周周好积累

带动物的成语

守株待兔　画蛇添足　亡羊补牢　虎虎生威

鼠目寸光　虎头蛇尾　小试牛刀　猴年马月

第7周

分类

一、在蔬菜下面画√，水果下面画○。

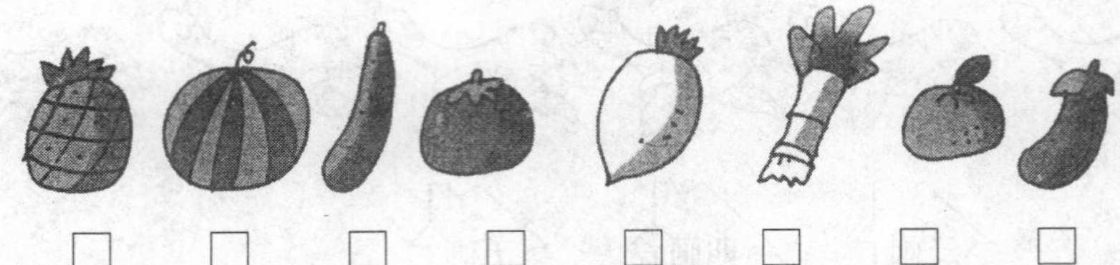

二、你能分一分吗？（填序号）

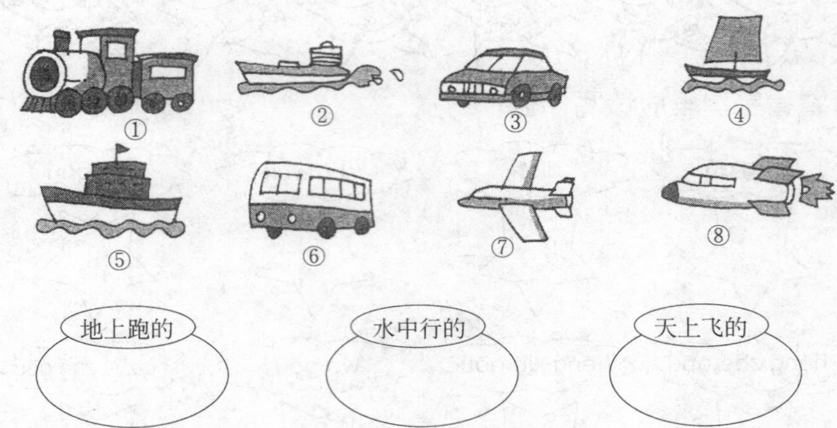

三、你有几种分法？

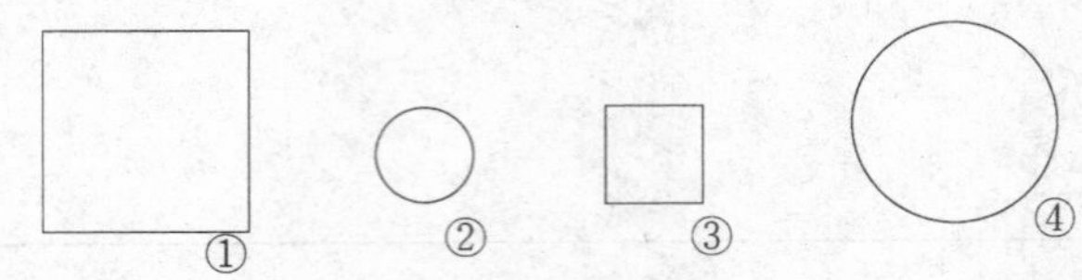

1. 按大小分：

2. 按形状分：

你知道吗？　与众不同的数

把许许多多的数组成数列，中间会夹杂着与众不同的数，如何识别呢？要认真、仔细地动脑筋思考。如：在 2、4、6、7、10 这五个数中，哪个数与众不同呢？我们可以说“10 与众不同”，因为 2、4、6、7 都是一位数，而 10 是两位数。也可以说“4 与众不同”，因为 4 与左边的 2 和右边的 6 都相差 2，其他数都不符合这一条件。

第7周

认读字母Ff~Jj（2）

一、找朋友。（将对应的大小写字母配对）

f　i　h　j　g

二、仿照范例，写一写。

第7周

你认识这些水果吗？

荔枝

芒果

弥猴桃

木瓜

菠萝

草莓

杨桃

哈密瓜

苹果

葡萄

火龙果

柠檬

第8周

认清汉字结构

一、送生字宝宝上火车。

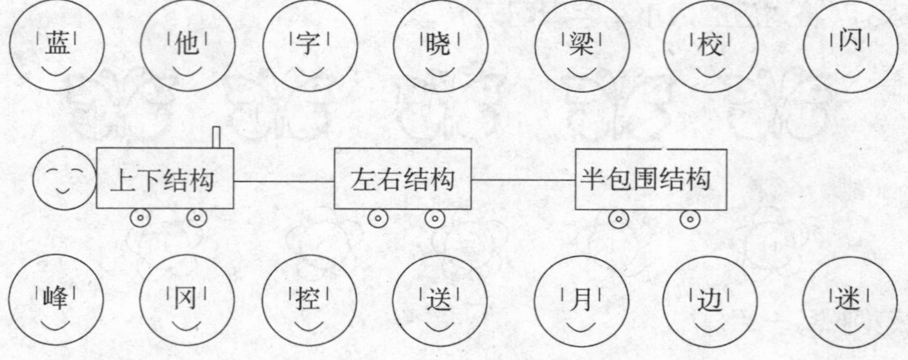

二、猜猜我是谁。

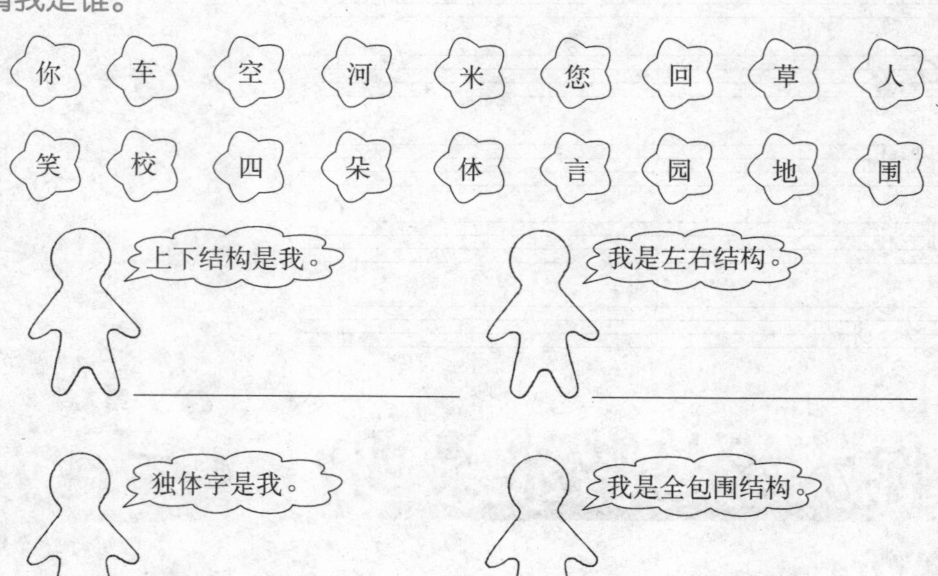

寻隐者不遇

（唐）贾岛

松下问童子，言师采药去。
只在此山中，云深不知处。

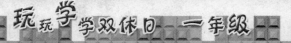

6、7的认识和加减法

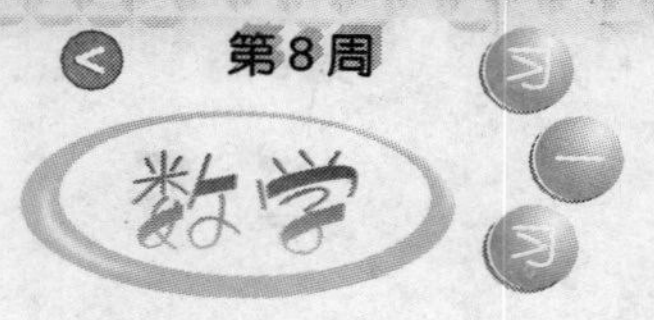

一、比年龄。

6◯7　　　　7◯6

二、在◯里填上“>”、“<”或“=”。

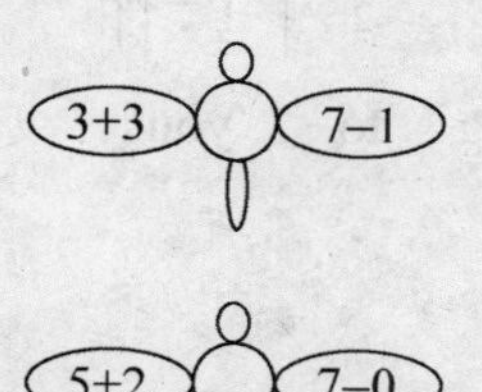

6+1　7-7

三、小蝌蚪找妈妈。（连一连）

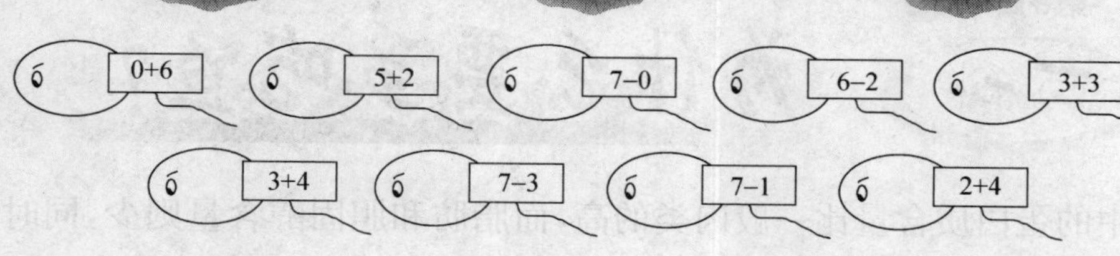

你知道吗？

在生活中，我们经常用到0、1、2、3、4、5、6、7、8、9这些数字，那么你知道这些数字是谁发明的吗？

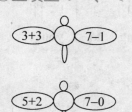

这些数字符号原来是古代印度人发明的，后来传到阿拉伯，从阿拉伯传到欧洲，欧洲人误认为是阿拉伯人发明的，就把它们叫做“阿拉伯数字”。

现在，阿拉伯数字已成为全世界通用的数学符号。

第8周

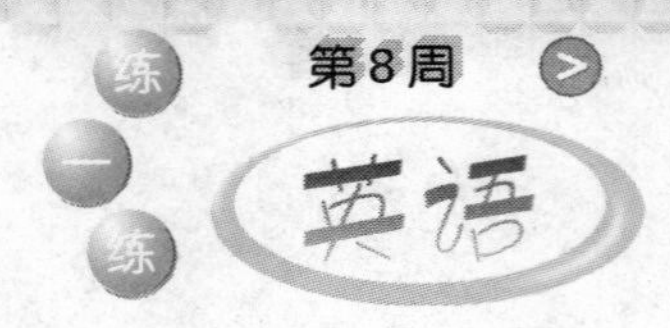

学唱英文歌（1）

学一学，唱一唱。

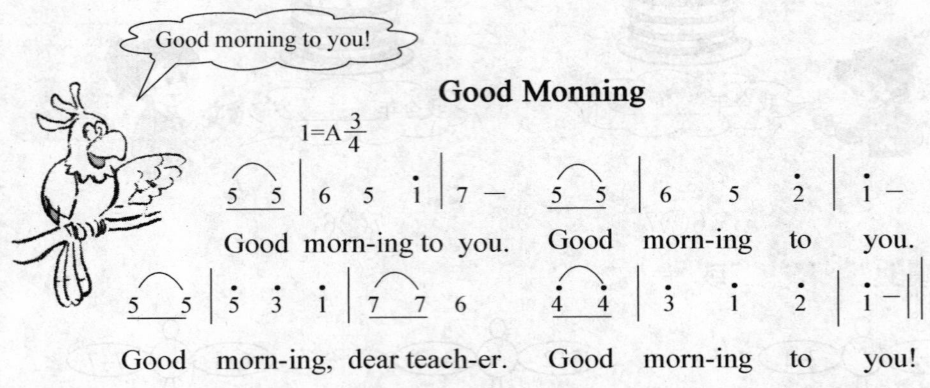

歌词大意：

早上好！

祝您早上好！祝您早上好！
亲爱的老师，祝您早上好！
祝您早上好！

第8周

为什么要多吃鱼？

鱼肉中的蛋白质含量比一般肉类的高，而脂肪和胆固醇含量则少，同时其氨基酸、不饱和脂肪酸、维生素等含量都要优于其他肉类。

鱼含有的脂肪里有一种对健康更为有利的脂酸成分。丰富的脂酸使鱼成了可预防心血管疾病的健康食品。

鱼同样含有丰富的矿物质，尤其是碘和磷。100 克的新鲜鳕鱼就能满足一个成年人一天所需的碘。

鱼提供丰富的溶脂维生素，其中维生素 D 对钙的代谢起到重要作用。

鱼是一种将美味、易消化以及高营养价值结合起来的食品。它容易进食，所以很受孩子们以及一些有牙病的老年人的欢迎。

写字

一、我是小小书法家。

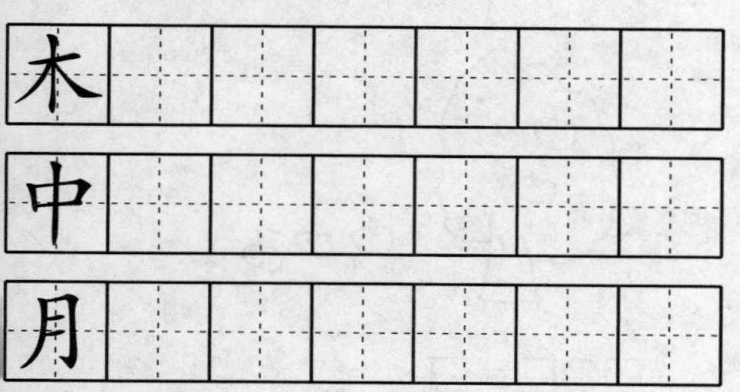

木						
中						
月						

飞						
风						
巾						

二、好朋友，手拉手。

日　女　父　木　禾　山

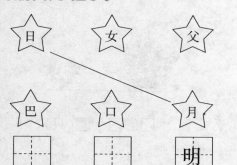

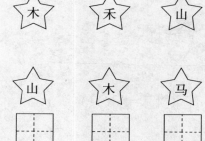

巴　口　月　山　木　马

明

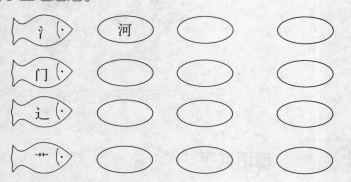

三、小鱼吐泡泡。

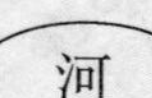
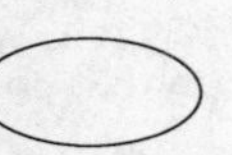
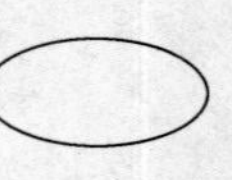
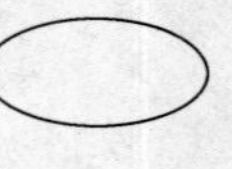

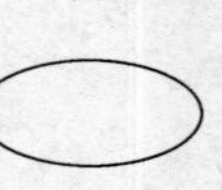
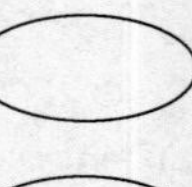
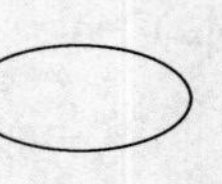
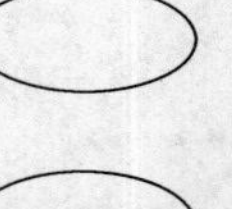

氵　河

门

辶

艹

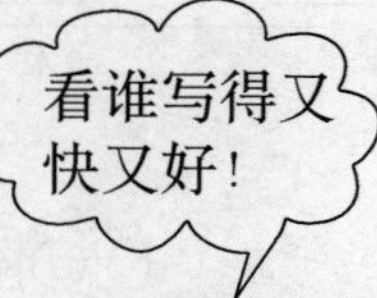

周周好积累

《增广贤文》（节选）

画虎画皮难画骨，知人知面不知心。

钱财如粪土，仁义值千金。

路遥知马力，日久见人心。

见事莫说，问事不知。

十年窗下无人问，一举成名天下知。

善有善报，恶有恶报。

用数学

一、看图写算式。

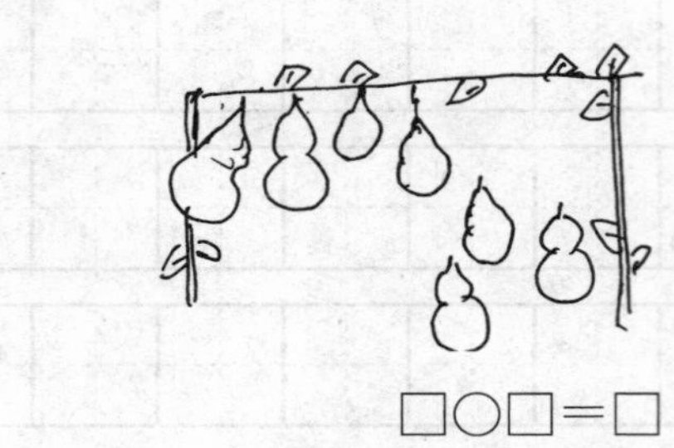

□○□=□

□○□=□

二、用数学。

1.

□○□=□(只)

2.

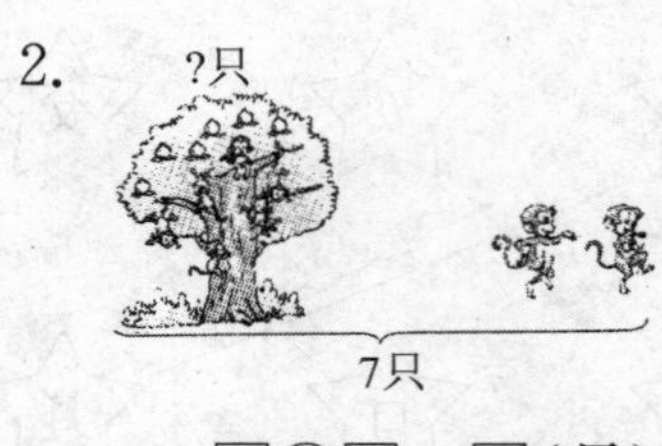

□○□=□(只)

3.

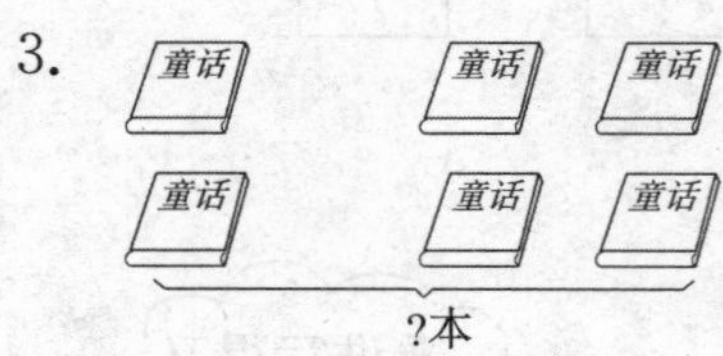

□○□=□(本)

4.

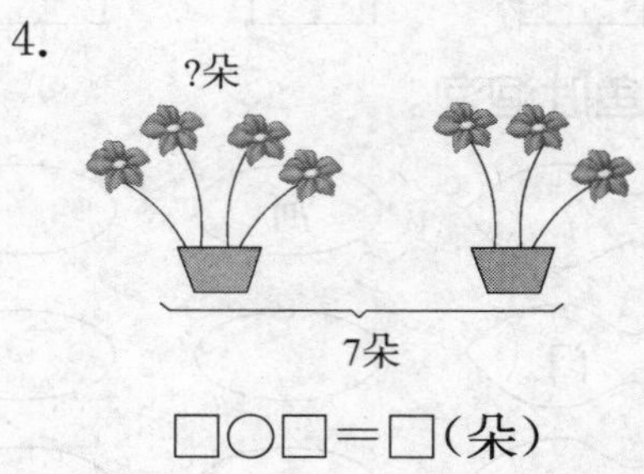

□○□=□(朵)

你知道吗？ 趣话数字“8”

数字，原本表示大小或多少，并没有什么其他的意思，但在现实生活中，人们却赋予了数字许多丰富的内涵，数字“8”就是这样。

传说在上帝惩罚人类的大洪水中，只有8个人乘着诺亚方舟逃离了死亡，因此“8”意味着幸运。

有人认为，两个戒指靠在一起就像一个“8”，因而“8”象征着幸福美满。此外，躺倒的“∞”恰恰又是数学中无穷大的符号，幸运、美满自然也就无穷无尽了。

第9周 练一练

动物园里真热闹（2）

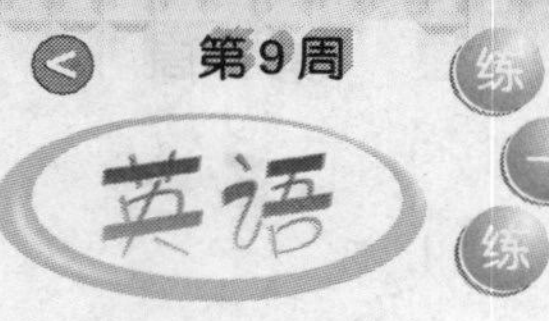

一、学一学，说一说。

小兔 rabbit 蹦蹦跳。

公鸡 cock 喔喔叫。

猴子 monkey 想吃桃。

松鼠 squirrel 把果咬。

二、认一认，连一连（将英语单词与汉语意思连起来）

rabbit　　cock　　squirrel　　monkey

第9周 玩一玩

万圣节

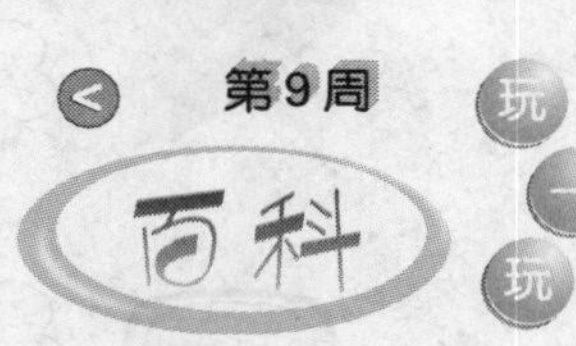

万圣节（11 月 1 日）是西方的节日，尤其受孩子们的欢迎。“Halloween”一词来自天主教。有一个故事说：在前一年死去的幽灵会回来寻找活着的躯体并在下一年里依附上去。当然，活着的人不愿意被附身，所以在 10 月 31 日的晚上，村民们把家里所有的火熄灭，用各种办法把自己打扮得很恐怖，在房子周围游行，弄出很大的声音来把幽灵吓跑。这只是过去的传说，现在的万圣节总是和孩子、糖果、南瓜联系在一起。现在过万圣节，孩子们戴上恐怖的面具，去敲邻居家的门。他们会问：“恶作剧还是糖果？”人们就会把准备好的糖果拿给他们。否则，孩子就会在他们身上做一些恶作剧。

量词大比拼

一、送小鸡回家。

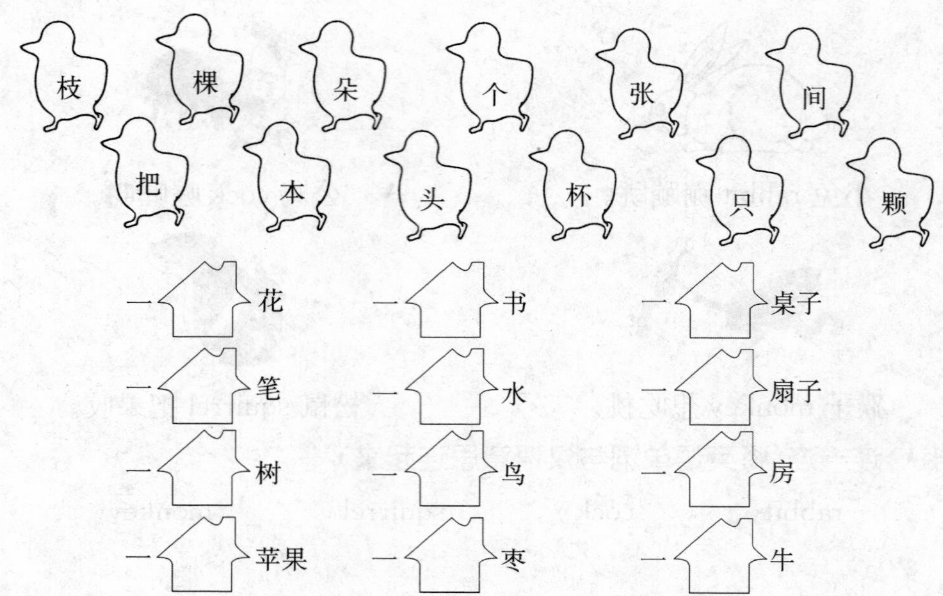

二、我会说。

咏 鹅

(唐)骆宾王

鹅，鹅，鹅，曲项向天歌。

白毛浮绿水，红掌拨清波。

8、9的认识和加减法

一、坐车。（按从大到小的顺序排一排）

二、小猫钓鱼。（连一连）

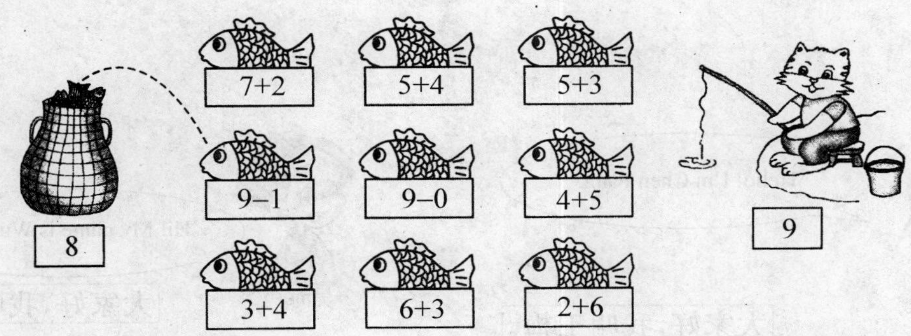

三、用数学。

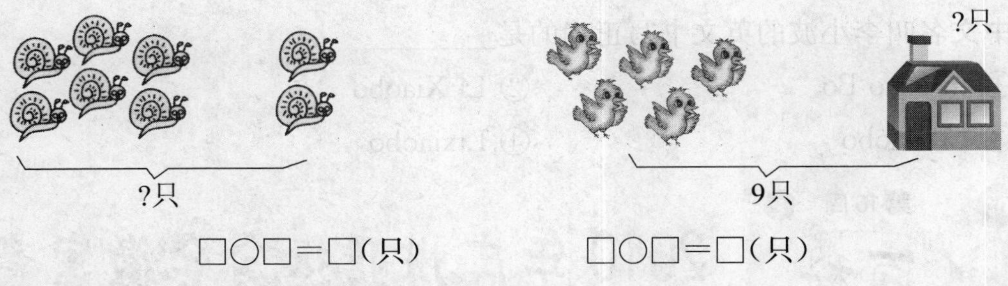

□○□＝□（只）　　□○□＝□（只）

数和数字

用来写数的符号叫做数字。我们把0、1、2、3、4、5、6、7、8、9这十个数码叫做"数字"。把前面十个数字的一个或某几个排列起来，表示物体的次序或多少的叫做"数"。例如：5、0、36……都是数。数字虽然只有十个，但数却有无数个，所以数和数字的意义是不相同的。

练一练 第10周

英语 介绍与询问姓名（1）

一、学一学，连一连。（聪明的你一定知道怎样用英语来介绍自己的姓名哟）

1.

2.

Hi! I'm Mike.
迈克

大家好，我叫陈芳。

大家好，我叫吴海。

3.

Hello! I'm Chen Fang.
陈芳

4.

大家好，我叫王梅。

大家好，我叫迈克。

二、认一认，选一选。

中文名叫李小波的英文书写正确的是________

① Li Xiao Bo　　② Li Xiaobo

③ Li xiaobo　　④ Lixiaobo

玩一玩 第10周

百科 2010年广州亚运会会徽寓意

2010年第十六届广州亚运会会徽由亚洲红日与五羊雕塑为主要图案构成，它的造型酷似火炬的五羊外形轮廓，以柔美上升的线条将抽象和具体相合，在灵动、飘逸中不失稳重，象征着亚运会的圣火熊熊燃烧、永不熄灭。这会徽既是广州的城市象征，也表达了广州人民的美好愿望，还表现出了运动会应有的动感。中国运动健儿在本届运动会上荣获199枚金牌，119枚银牌，98枚铜牌，奖牌总数共416枚，居奖牌榜之首。

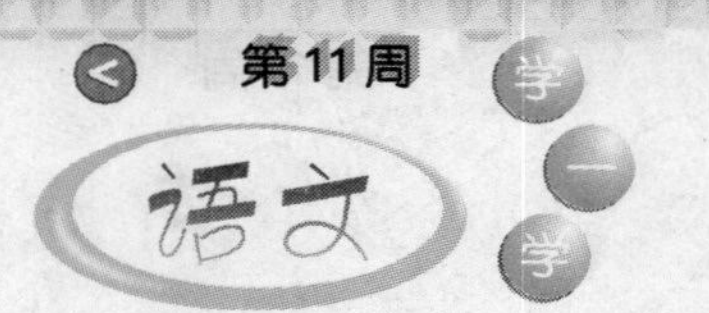

选词填空

一、选字填空。

山　出　　也　长

1. 我家后面有一座大(　　)。
2. 今天爸爸有事(　　)门去了。
3. 妈妈爱我,爸爸(　　)爱我。
4. 猴子的尾巴很(　　)。

二、读一读,选一选,注意语气哦!

呀　吗　呢

1. 我们正在做游戏(　　)!
2. 你为什么飞得这么低(　　)?
3. 你知道今天是星期几(　　)?

三、你知道下面的节日吗? 选一选,填一填。

九月十日　五月初五　五月一日　八月十五　十月一日　六月一日

儿童节(　　)　教师节(　　)　国庆节(　　)

劳动节(　　)　中秋节(　　)　端午节(　　)

周周好积累

老子的《道德经》(节选)

道,可道,非恒道

道,可道,非恒道。名,可名,非恒名。无名,天地之始;有名,万物之母。故常无欲,以观其妙;常有欲,以观其徼。此两者同出而异名,同谓之玄。玄之又玄,众妙之门。

大道废,有仁义

大道废,有仁义;智慧出,有大伪;六亲不和,有孝慈;国家昏乱,有忠臣。

第11周

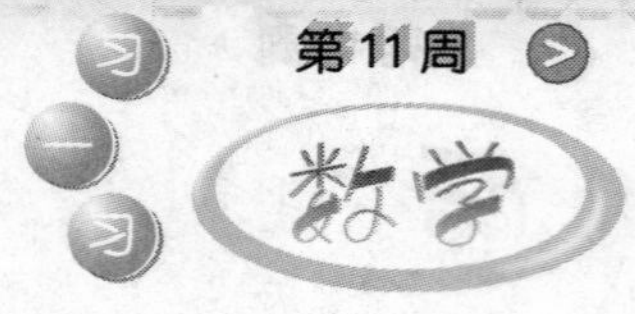

10的认识和加减法

一、小熊写门牌号码。

要按顺序写。

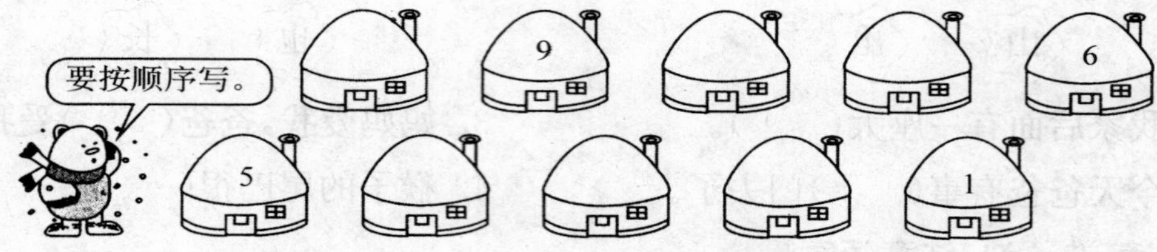

二、“嫦娥二号”发射成功啦！

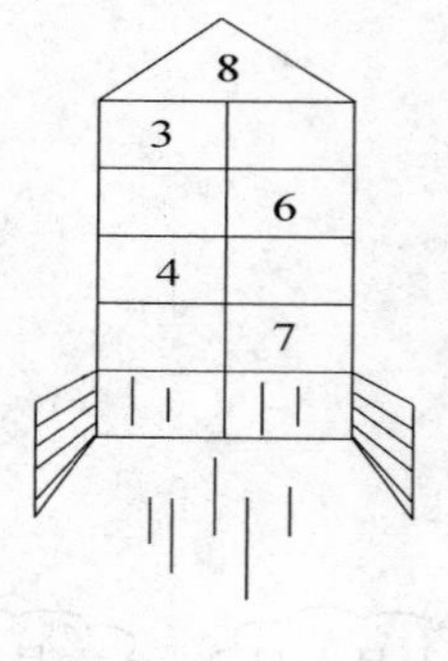

10
1 9
2
3
4
5
6
7
8

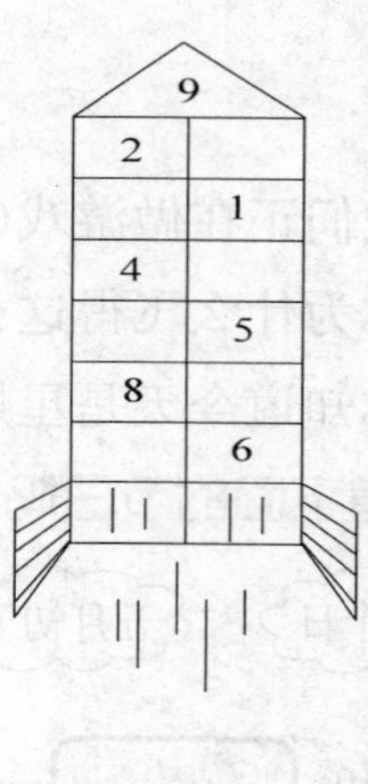

三、顺着小脚印回家。

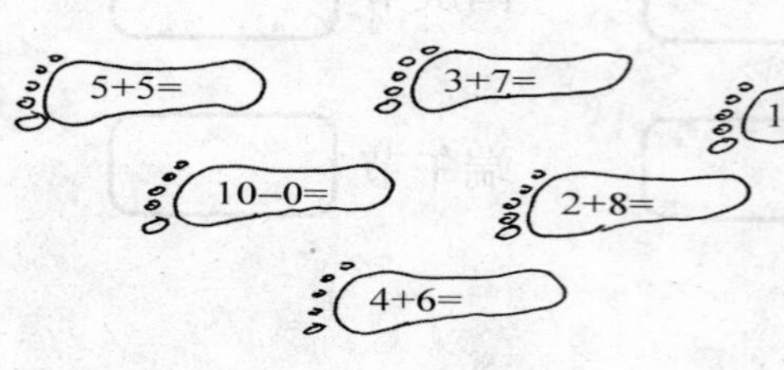

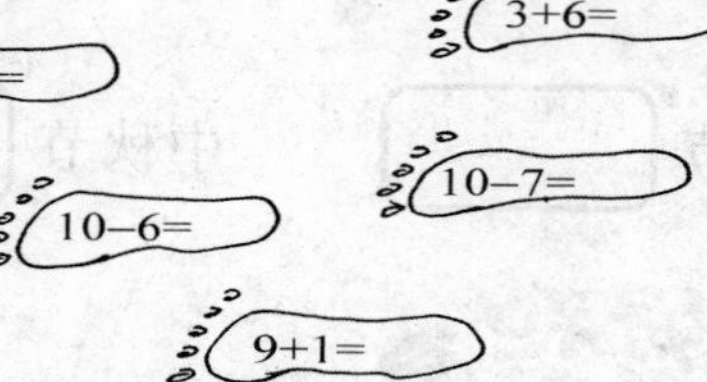

数学小游戏

将等于 8 的部分涂上颜色，看看能组成什么图案。

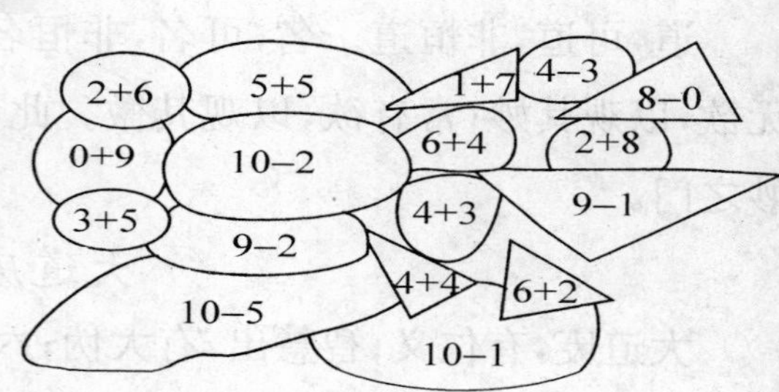

练一练

认读字母 Aa～Jj

一、找一找，找出图中的大、小写字母。

大写字母：________________

小写字母：________________

二、写出所给字母的左邻右舍。

1. ☐ Bb ☐　2. ☐ Ii ☐　3. ☐ Gg ☐

4. ☐ Ee ☐　5. ☐ Dd ☐　6. ☐ Ff ☐

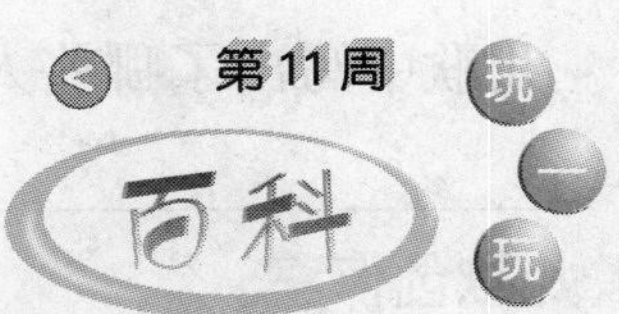

玩一玩

美国名城趣话

西雅图位于美国西海岸，是美国的飞机制造中心，我们大家熟悉的波音飞机公司的总部就设在这里。这里每年产波音飞机 300 余架，70％以上供出口，是世界上著名的“飞机城”。

西雅图城

金门大桥

一说到旧金山，大家会很自然地想到那气势雄伟的金门大桥。可是你们知道吗，世界著名的电子工业城“硅谷”就坐落在离旧金山市区不远的一个山谷里，所以旧金山才有了“电子城”的美誉。

第12周

儿歌阅读

一、开心读一读，用心做一做。

（一）乐（lè）园

天空是星星的乐园，海洋是鱼儿的乐园，
高山是大树的乐园，森林是鸟儿的乐园，
泥土是种子的乐园，祖国是我们的乐园。

1. 星星、鱼儿、大树、鸟儿、种子的乐园分别在________、________、________、________、________。

2. 儿歌中的“我们”是指________，我们的乐园是________。

（二）爱

爸爸妈妈给我爱，教我做个好小孩。
学校老师给我爱，教我知识学成长。
交警叔叔给我爱，交通规则讲明白。
教我走好人行道，平平安安回家来。

儿歌中写出了哪些人给我爱？

____

二、儿歌创作室。

春天在哪里

春天在哪里，春天在哪里。
春天在__________。
这里有红花啊，这里有________，
还有那______________。

名人名言

天才的十分之一是灵感，十分之九是血汗。——托尔斯泰
天才就是这样，终身努力，便成天才。——门捷列夫
天生我材必有用。——李白

连加、连减

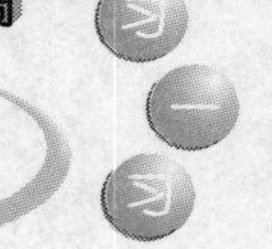

一、看图写算式。

□○□○□=□

二、算对了，桃子就奖给你！

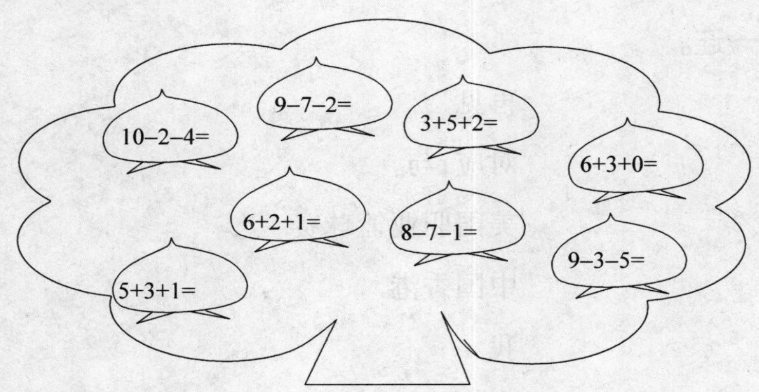

三、哪把钥匙能开锁？把它连起来。

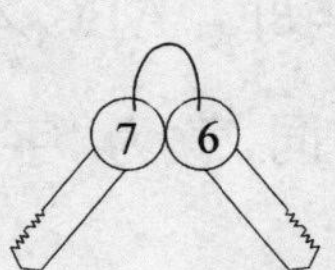

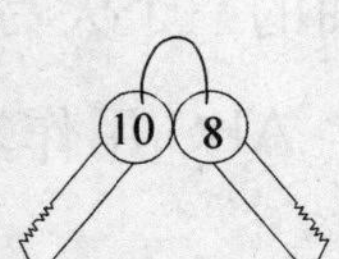

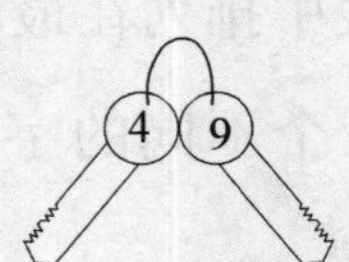

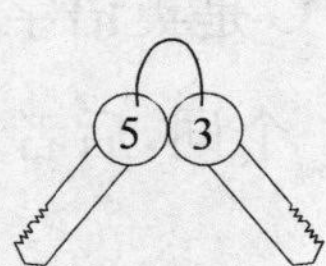

你知道吗？

“数字象形歌”

1 像小棒斜着放　2 像小鸭脖子长　3 像耳朵多个弯　4 像小旗举得高
5 像小钩多一横　6 像哨子嘟嘟吹　7 像镰刀割小麦　8 像葫芦有个腰
9 像小兜捕害虫　10 像小棒和鸭蛋

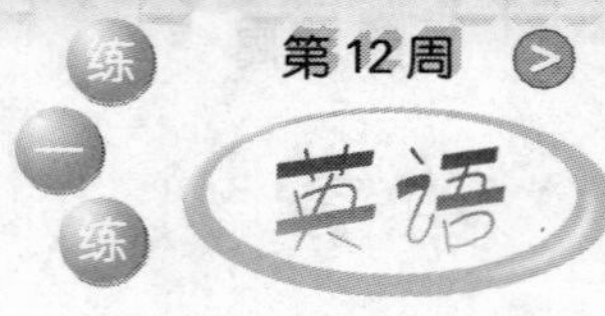

认读字母 Kk~Oo (1)

一、说歌谣，学字母 Kk，Ll，Mm，Nn 和 Oo

大 K 伸臂又踢腿，小 k 稍息把事想；

大 L 指针三点过，小 l 像根火腿肠；

大 M 像海鸥在飞翔，小 m 鼻孔出气长；

大 N 电闪实在亮，小 n 单门墙上装；

大 O 鸡蛋喷喷香，小 o 蛋小人人抢。

二、猜一猜，连一连。

1. PRC	再见
2. I	对应；与
3. Bye	美国职业篮球赛
4. VS	中国香港
5. HK	我
6. NBA	中华人民共和国

ABC≠A、B、C

A、B 和 C 是英语字母表中排列在最前面的三个大写字母。ABC 不同于 A、B、C。前者是一个词，后者是三个不同的字母。ABC 用作名词，意为“字母”或“字母表”。

如：I can say my ABC. 我会念字母。

ABC 作名词用，还表示“初步”、“入门”、“基础”。

如：ABC of English　英语基础知识

另外，它也可以修饰其他名词。

如：ABC book 入门书

看单幅图写话

语文

一、看图写句子。

1.

____

2.

____

二、看图把下面的一段话补充完整。

兔妈妈地里的萝卜长得__________！一天，兔妈妈来到地里拔__________。只见她双手__________，使劲地拔起来。尽管她干得满头______，她也没停下来歇一会，不一会，她就拔了__________。

三、看图写话。

图中画的有谁，他们在干什么，他们会说些什么？

____

____

____

____

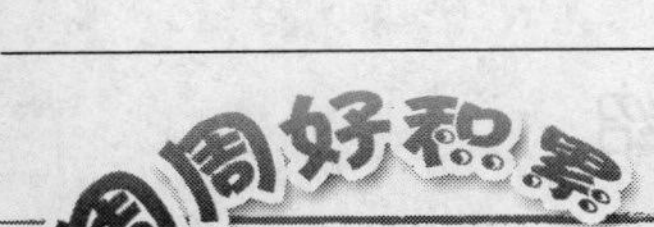

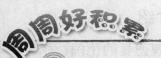

周周好积累

悯　农（一）

（唐）李绅

春种一粒粟，秋收万颗子。
四海无闲田，农夫犹饿死。

加减混合

一、过桥。

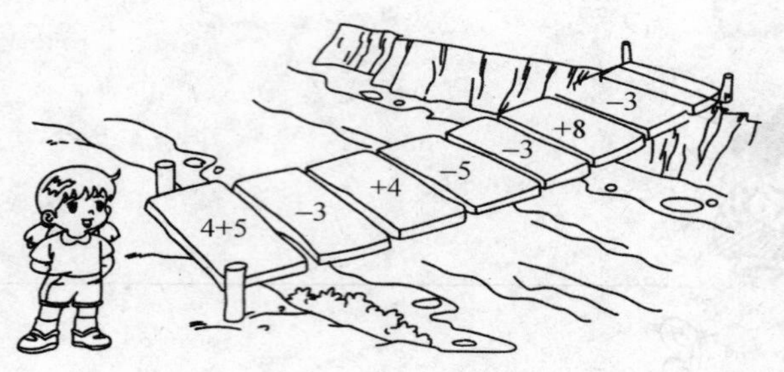

二、开火车。

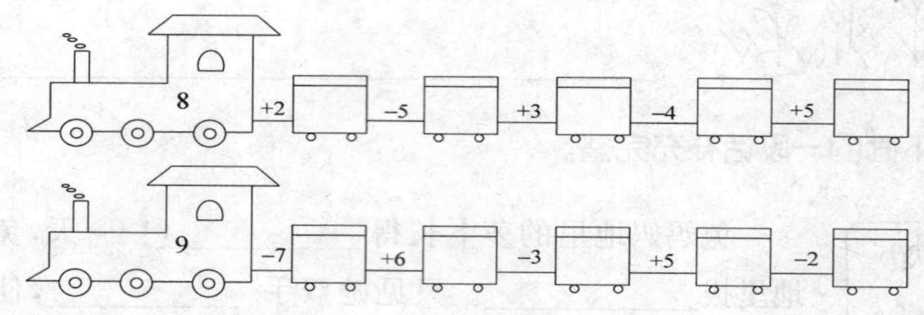

三、快送小猫回家。

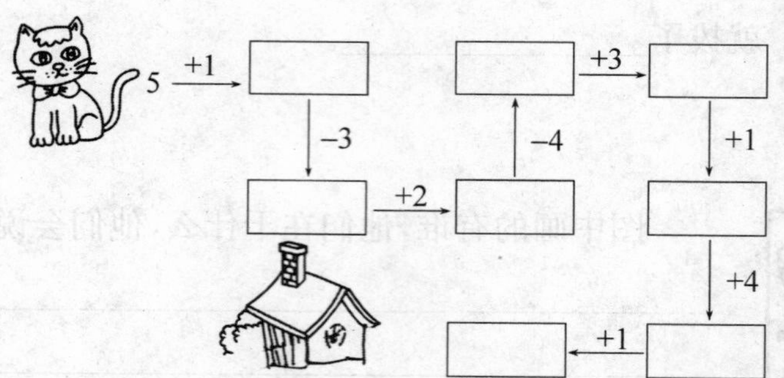

你知道吗？ “+”的自我介绍

我叫加号，我的拉丁文名字是“et”，是15世纪一个叫魏德曼的德国数学家把我带进数学王国的。相传卖酒的商人用“−”来表示酒桶里的酒卖了多少，而当酒灌入酒桶里的时候，就在“−”上加一竖，意思是把原来的线条勾销，这样就变成了“+”。

认读字母Kk～Oo（2）

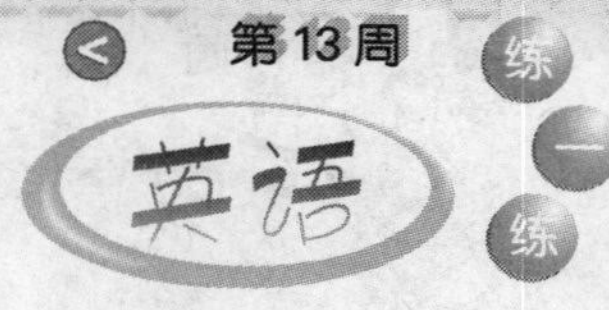

一、读一读，连一连（将对应的大小写字母配对）。

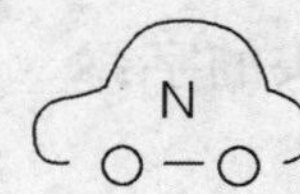

二、仿照范例写一写。

K k

L l

M m

N n

O o

世界各国的标志性事物

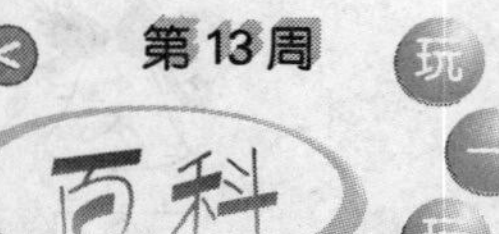

中国（China）：
长城

澳大利亚（Australia）：
悉尼歌剧院

加拿大（Canada）：
枫叶

日本（Japan）：
樱花

美国（America）：
自由女神

法国（France）：
埃菲尔铁塔

学一学 第14周

语文

偏旁、部首

一、摘苹果。

门字旁的字：________________

口字旁的字：________________

草字头的字：________________

二、我会写两个带有下面部首的字。

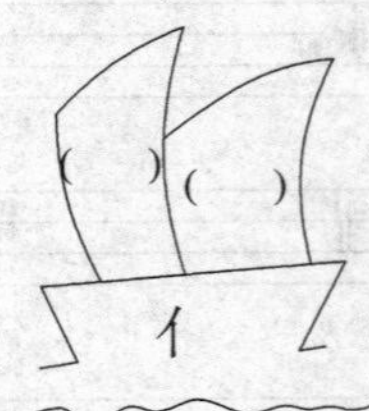

三、给偏旁、部首找朋友。（连一连，组成新字写下来）

周周好积累

《百家姓》(节选)

赵钱孙李　周吴郑王　冯陈褚卫　蒋沈韩杨
朱秦尤许　何吕施张　孔曹严华　金魏陶姜
戚谢邹喻　柏水窦章　云苏潘葛　奚范彭郎
鲁韦昌马　苗凤花方　俞任袁柳　酆鲍史唐
费廉岑薛　雷贺倪汤　滕殷罗毕　郝邬安常

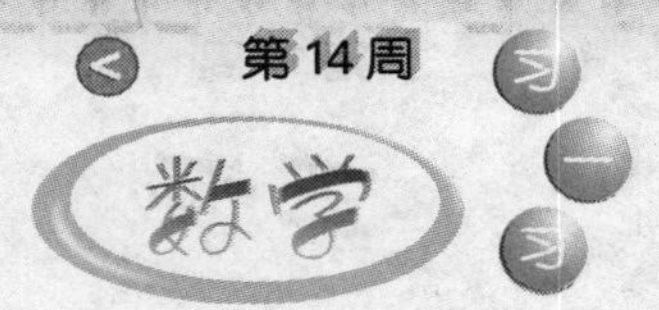

11~20各数的认识

一、看图写数。

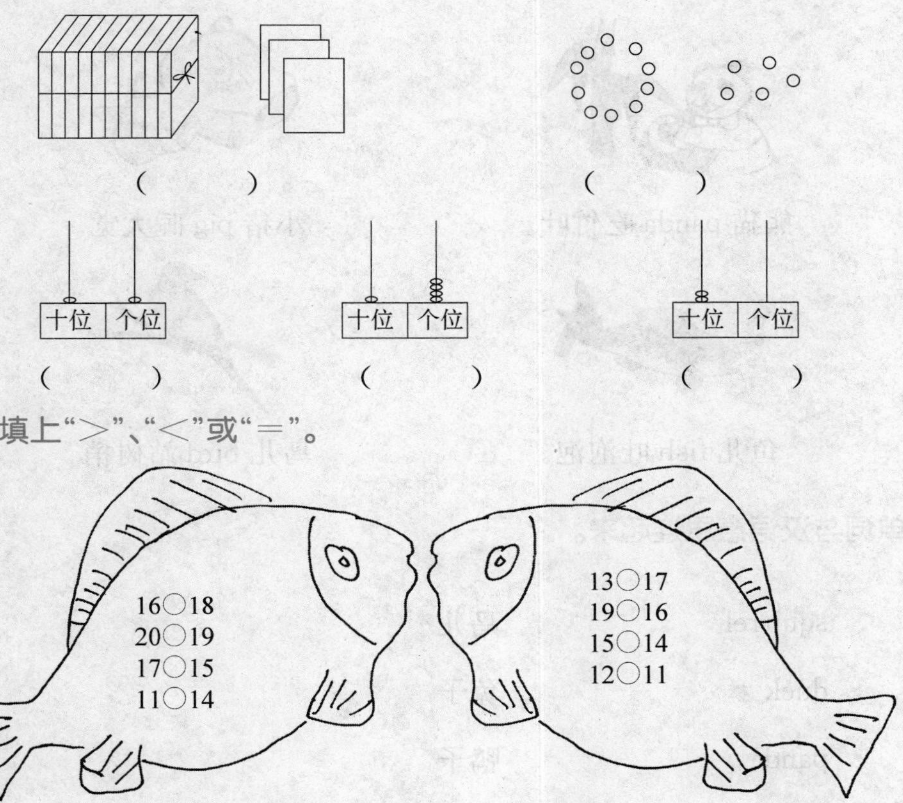

二、在○里填上“>”、“<”或“=”。

16○18
20○19
17○15
11○14

13○17
19○16
15○14
12○11

三、猜猜我是谁。

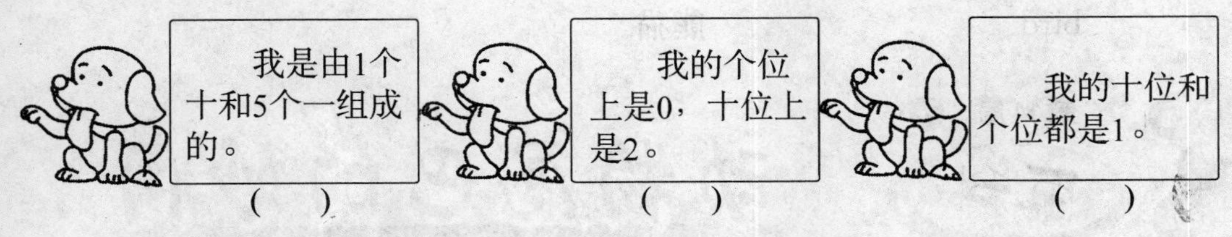

我是由1个十和5个一组成的。
（　　）
我的个位上是0，十位上是2。
（　　）
我的十位和个位都是1。
（　　）

你知道吗？ “－”的自我介绍

我叫减号，我的拉丁文名字是“minus”，简称“m”，人们将我的形体省略，就成了现在这个样子。我和“+”一样，也是魏德曼把我带进数学王国的，从此我就居住在这里了。

练一练 第14周

英语 动物园里真热闹（3）

一、学一学，说一说。

熊猫 panda 吃竹叶。

小猪 pig 睡大觉。

鱼儿 fish 吐泡泡。

鸟儿 bird 站树梢。

二、将单词与汉语意思连起来。

squirrel	鸟儿
duck	兔子
panda	鸭子
rabbit	松鼠
bird	熊猫

玩一玩 第14周

百科 动物尾巴的妙用

世界上大约生活着150余万种动物。动物身上大都长有一条尾巴，动物的尾巴形状各异，妙用多种。

鸟把尾巴当作飞行器。鱼把尾巴当作游泳器。

牛把尾巴当作平衡器。鳄鱼把尾巴当作武器。

狐猴把尾巴当作仓库。松鼠把尾巴当作交际工具。

一、小雨点会落到哪把伞上？连一连。

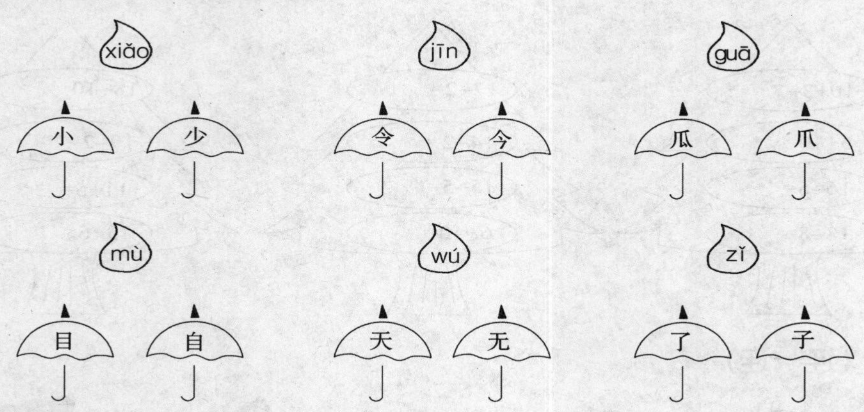

二、星星会和谁做朋友，把它涂上颜色。

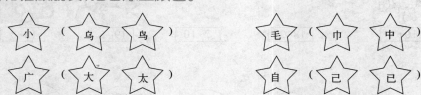

三、火眼金睛，辨字组词。

周周好积累

励志格言警句

只要有信心，人永远不会挫败。

有希望在的地方，痛苦也成欢乐。

每天告诉自己一次——我真的很不错。

数学 十加几和十几减几

一、我的小树快快长。

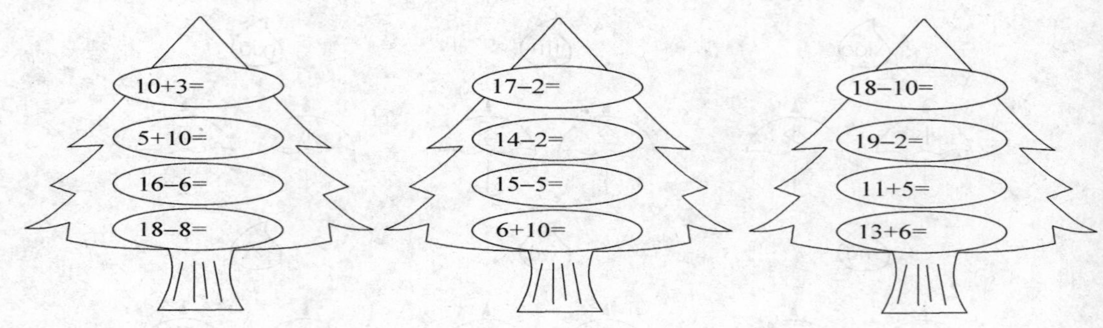

二、坐车。（连一连）

10+5	18−2	2+10	19−5	18−5

三、你能写出 2 道加法算式和 2 道减法算式吗？

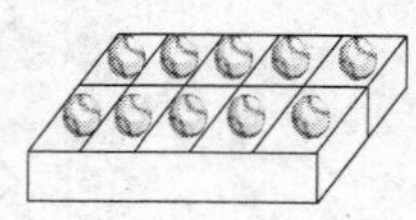

□+□=□　　□+□=□

□−□=□　　□−□=□

数学小游戏

请你移动三根火柴棒，使鱼向反方向游。

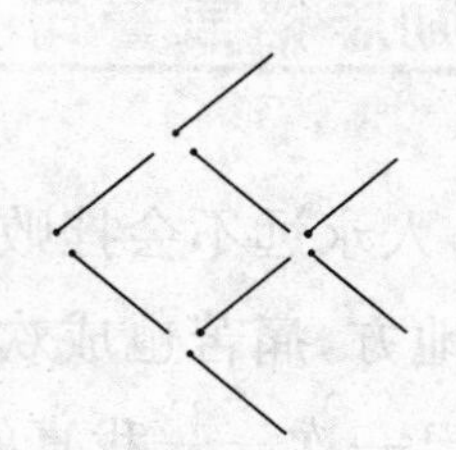

第15周 练一练

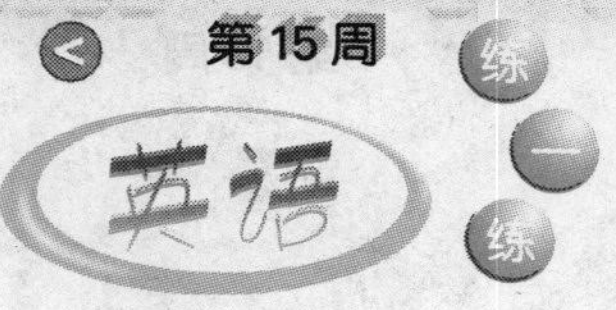

介绍与询问姓名（2）

学一学，连一连。（聪明的你一定知道怎样询问他人的姓名哟！）

1.

Excuse me. Are you Amy?
请问，你是艾米吗？

A My name's Wang Ping.
我的名字叫王平。

2.

Excuse me. Are you Mr. Zhang?
请问，你是张先生吗？

B Yes, I am.
是的，我是。

3.

Hi, I'm Tom. What's your name?
你好，我叫汤姆，你叫什么名字？

C No, I'm not.
I'm Mr. Wang.
不，我是王先生。

第15周 玩一玩 百科

交谈忌讳

西方人在风俗习惯、社会生活、衣食住行、文化背景、民族意志等许多方面与我们中国不同，他们在交谈时有很多忌讳。

1. 年龄不便问。2. 住址不便问。3. 收入不便问。4. 职业不便问。5. 婚姻不便问。

另外，诸如房租、信仰、经历、衣物价格、投票等等都是西方人所忌讳的，不能随便询问，更不能窥探。那么，西方人交谈时最爱说的话题是什么呢？当然是谈论天气，尤其是英国。为了引出话题，无论在什么场合，都可谈谈天气情况。

第16周

语文

熟字加（去）偏旁

一、生字变魔术。

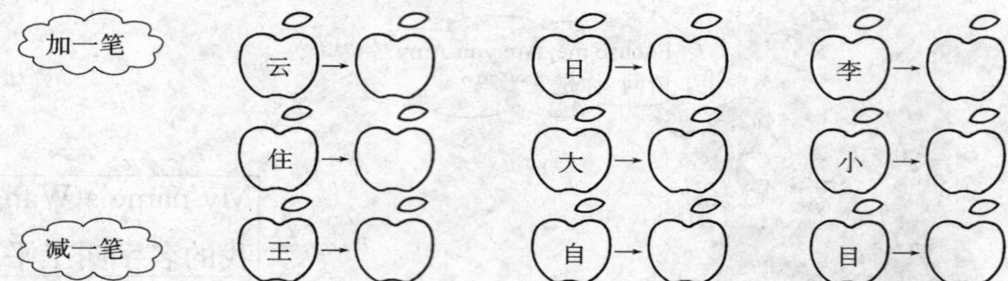

二、我会做生字加减法。

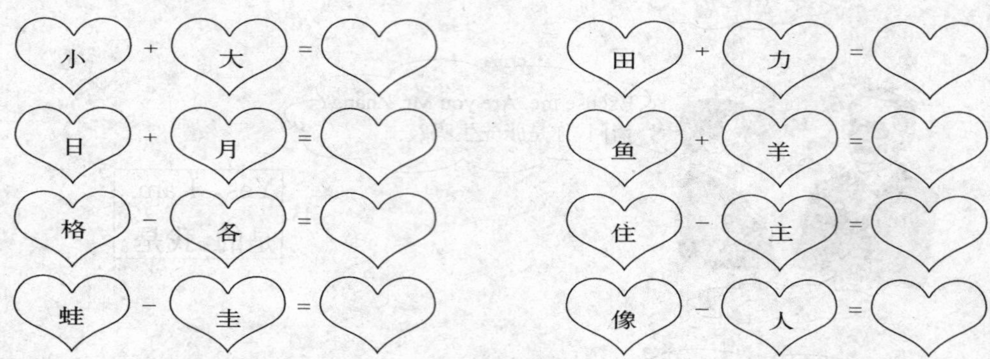

三、圆圈中加上什么字能变成六个不同的新字呢？想一想，写出来，再把组成的新字写在横线上。

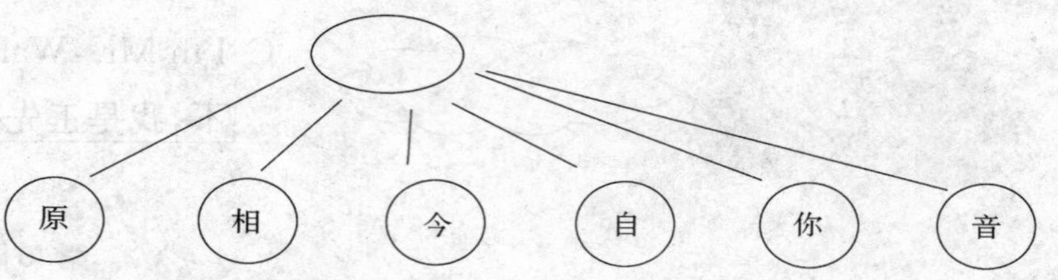

______ ______ ______ ______ ______ ______

悯 农(二)

（唐）李绅

锄禾日当午，汗滴禾下土。

谁知盘中餐，粒粒皆辛苦。

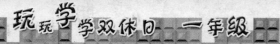

认识钟表

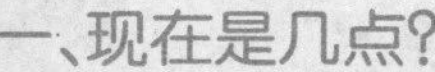
一、现在是几点？

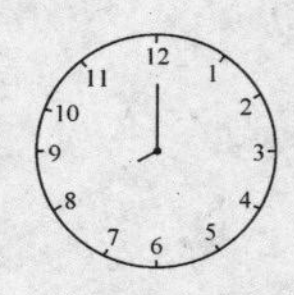
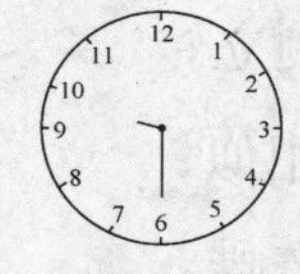

______ ______ ______

[：] [：] [：]

二、你知道小丽的作息时间吗？填一填，再说给同学听。

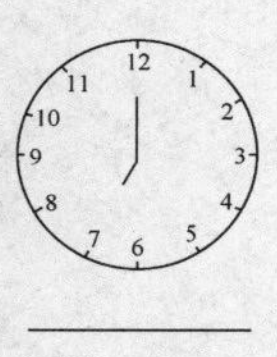
______

______

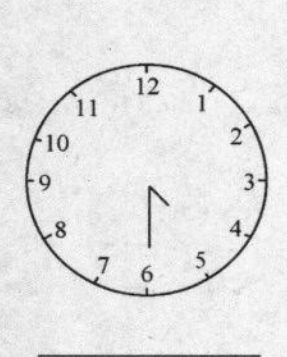
______

______

三、认时间。

时针指着5，分针指着12，这是[：]

请帮鸡大婶在钟面上画出时针和分针。

数学小游戏　猜谜语

公鸡喔喔催天明，
大地睡醒闹盈盈，
长针短针成一线，
请问时刻是几时？
(打一时刻)

(谜底：早晨6:00)

第16周

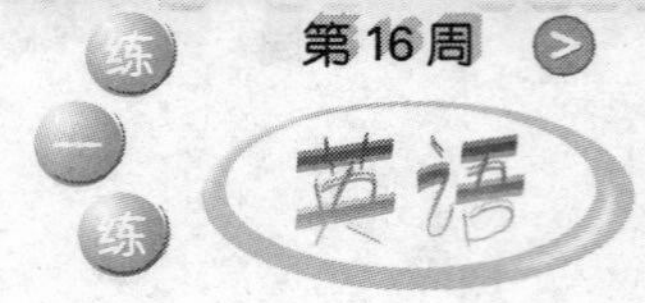

认读字母Pp~Tt（1）

一、读歌谣，学字母 Pp、Qq、Rr、Ss 和 Tt。

大 P 圆旗高飘扬，小 p 让 b 练倒立；

大 Q 西瓜连藤摘，小 q 和 g 很相似；

大 R 是 P 右踢腿，小 r 向你撅撅嘴；

大 S 弯弯溪流淌，小 s 像 8 没合上；

大 T 铁锤当当响，小 t 像个大写七。

二、猜一猜，连一连。

1. OK	厕所
2. W. C.	千米
3. kg	米
4. cm	千克
5. m	好吧
6. km	厘米

第16周

对号"√"的来历

小朋友们，看到老师给你们批改作业或考卷上都是"√"时，你们一定十分高兴吧！那么，你们知道"√"的来历吗？

据说这个符号起源于英文字母"r"。早先，英国的教师看到学生作业内容不错，就批注"right"表示"正确、好"的意思。后来，他们又常常把"right"简写成一个字母"r"。

"r"又加以演化，就成了"√"。由于这个符号简单明了，在我国也就很快流行起来了。至于在"√"上再加上点，表示"大致正确、略有错误"，就是后来的创造了。

词语归类

一、把不是同一类的词语划上“——”。

1. 季节　春季　秋季　冬季　夏季
2. 农民　爸爸　工人　老师　学生
3. 飞机　轮船　火车　汽车　大海
4. 打　听　吹　树　坐

二、我会按要求写词语。（最少写四个）

我们一起做运动。 ____________________

我最喜欢吃蔬菜。 ____________________

我知道很多不同的颜色。 ____________________

三、拼一拼，并归类写下来。

shī zi　　yīng wǔ　　bō luó　　lǎo hǔ

bái hè　　dà xiàng　　yā lí　　kǒng què

鸟类：____________________

兽类：____________________

水果类：____________________

周周好积累

《三字经》（节选）

- 人之初，性本善。性相近，习相远。
- 玉不琢，不成器。人不学，不知义。
- 为人子，方少时。亲师友，习礼仪。

9加几

一、摘苹果。

二、小鸟回巢。(连一连)

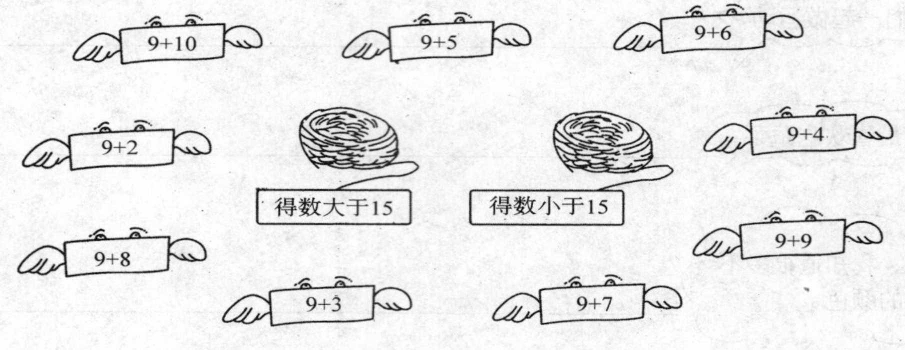

三、

□○□=□(个)

数学小游戏

小兔子在山里迷路了,你能帮它找一条路出来吗? 从5出发选择"+""-"任意一种进行计算。

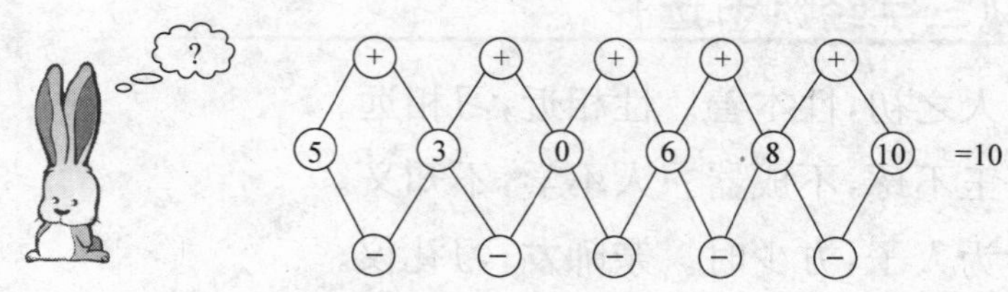

认读字母Pp~Tt (2)

英语

一、从下列图形中找出字母。

1.  ________ 2. 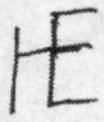 ________ 3. ________

4.  ______ 5. 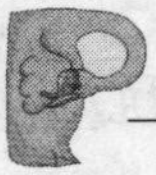 ______ 6. ______

7.  ______ 8.  ______ 9. ______

二、仿照范例写一写。

P p

Q q

R r

S s

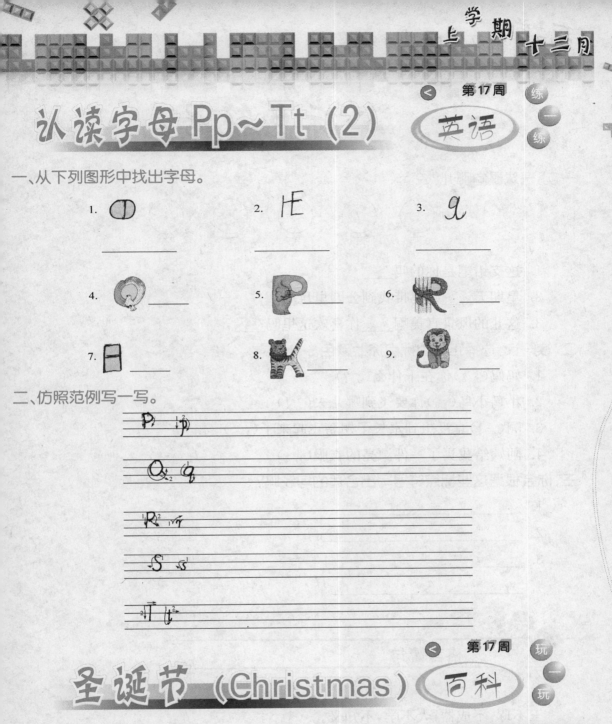

T t

圣诞节（Christmas）

百科

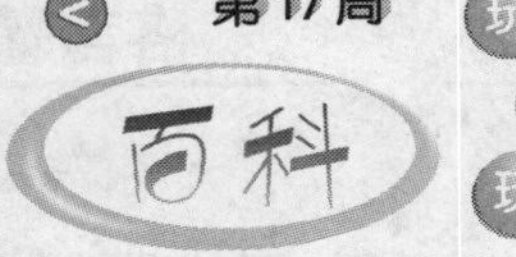

圣诞节(Christmas,12 月 25 日)是西方各国最盛大的节日,相传这一天是耶稣诞生的日子。从 12 月 24 日夜晚(平安夜)人们开始过圣诞节,一直延续到第二年的 1 月 6 日,主要庆祝活动安排在 12 月 24、25 日这两天。

圣诞节到来之前,人们忙着准备圣诞树,并在树上挂上红、白蜡烛和一串小小的国旗,树顶装上一颗闪闪发光的星星。圣诞节来临,人们互赠礼品,家庭团聚,圣诞老人背着大口袋,挨家为儿童送礼品糖果。儿童们在圣诞节是最快乐的,他们尽情地唱歌跳舞,玩耍。

第18周

一、小气球飘向哪儿？

，　。　？　！

1. 这支铅笔是你的吗____

2. 星期天____妈妈带我到公园里玩____

3. 这儿的风景真美啊____你喜欢这里吗____

二、读一读，选择正确的标点涂上颜色。

1. 妈妈（，。）你在干什么（。？）

2. 小鸟小鸟（，。）你要飞到哪儿去（？！）

3. 啊（。！）真没想到水长了翅膀飞起来了（，。）

4. 阿姨给我买了一件漂亮的衣服（，。）

三、你会根据这些标点符号写出合适的句子吗？

1. ________________。

2. ________，________。

3. ________________！

4. ________________？

格言警句

玉不琢，不成器；人不学，不知义。

业精于勤，荒于嬉。

三人行，必有我师焉。

读书破万卷，下笔如有神。

差之毫厘，失之千里。

工欲善其事，必先利其器。

8、7、6加几

一、小动物过河。

8+4=
7+6=
7+9=
8+6=
7+7=
6+6=
7+2=
6+8=
7+5=
8+5=
6+7=
8+9=
6+5=
8+8=
5+8=
6+2=
8+2=
7+8=
8+7=
6+9=

二、蚂蚁安家。（连一连）

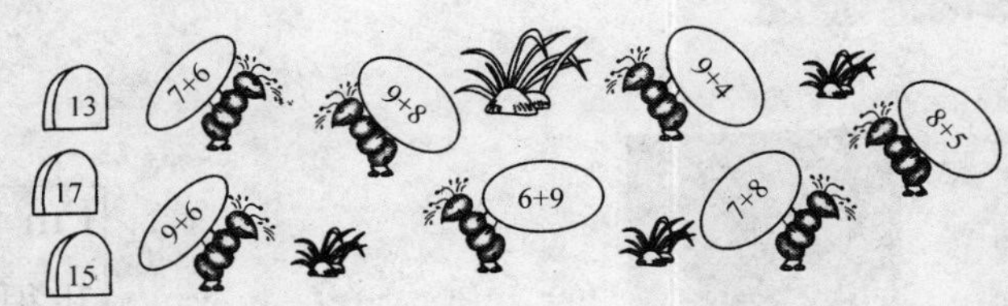

三、猜猜我几岁啦？

数学小游戏

我们来拼一拼

如图所示，哪一块立方体上的数与和它相接触的立方体上的数加起来最大？

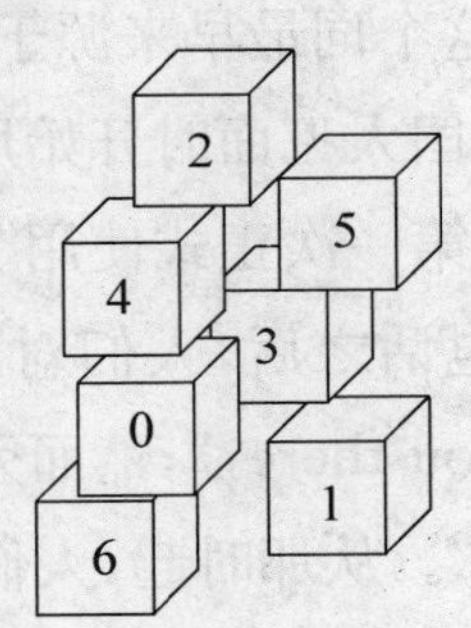

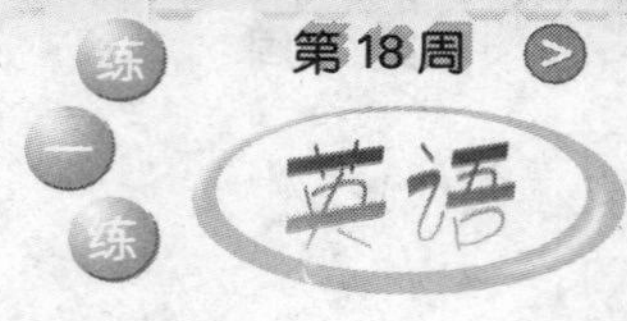

练一练 第18周

英语 问候语与打招呼（3）

一、学一学，答一答，连一连。

1\. 李梅，你好！

A Good night! 晚安！

2\. How are you? 你好吗？

B Hi，Ann! 安，你好！

3\.

C I'm fine，thank you. 我很好，谢谢。

玩一玩 第18周

百科 “Hello”的由来

“Hello”是英语中用得最多的词之一，英美人在见面时，通常都会用“Hello”！来问候对方。那么这个词到底是从哪儿来的呢？

据说这个词最早来源于法语的两个词“ho”和“la”，意思是“喂，那边的”。到19世纪时，美国人见面时开始用“Hello”相互打招呼。

然而，第一次正式使用“Hello”的是美国著名科学家托马斯·爱迪生。那是在他发明了电话之后，人们对这种新玩意儿抱有怀疑态度，因此拿起电话听筒后先问，“Are you there?”，然而爱迪生是个幽默寡言的人，他拿起听筒时只简单地说一声“Hello!”。从那时起，人们就开始普遍使用“Hello”这个词了。

口语交际·回答问题

一、能说会道。

1. 课间休息时，你看到一个小朋友摔倒了，你会怎么做？

______

2. 小明将吃完的包装纸随意地丢在了马路上，刚好被你看见了，你会怎么做呢？

______

3. 你有什么愿望，想怎样实现？说一说。

______

二、遇到下面的情况，你会怎么说呢？考考你。

1. 当你看到学校里的水龙头没关，地上到处都是水，你会怎么做？你会对你的小伙伴说些什么呢？

______

2. 很晚了，老师还在灯下批改作业。你看见了，会对老师说什么呢？

______

周周好积累

关于坚持的名人名言

不经一番彻骨寒，怎得梅花扑鼻香。 ——宋帆

精诚所至，金石为开。 ——蔡锷

欲速则不达。 ——孔子

第19周

数学 5、6、3、2加几

一、做花环。(在○里填上合适的数)

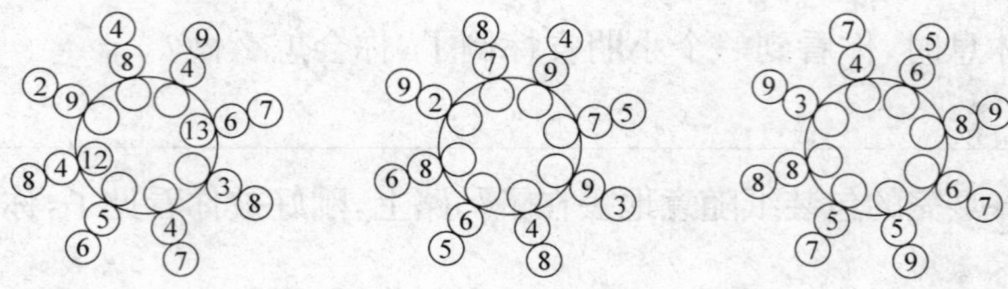

二、把鱼装进竹篓。(连一连)

三、小小商店。

原来有	5把	4支	3个	2根
又买来	8把	7支	9个	9根
一共有	(　　)把	(　　)支	(　　)个	(　　)根

数学小游戏

移动圈中的🍎,使每边都有7个。

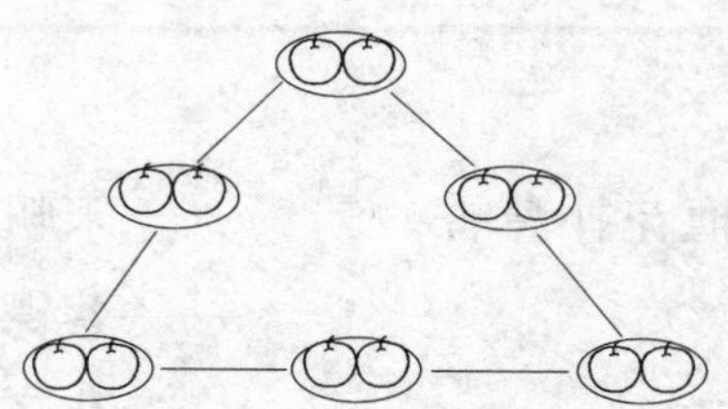

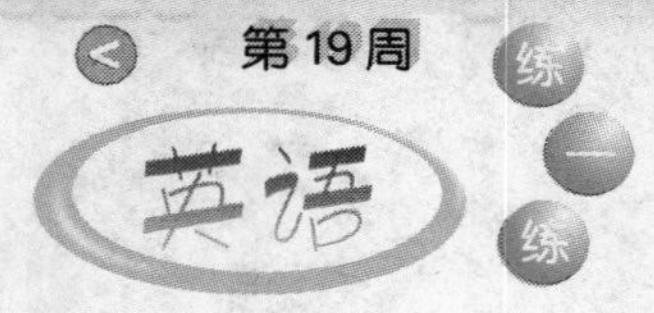

认读字母Uu~Zz(1)

一、说歌谣,学字母Uu、Vv、Ww、Xx、Yy和Zz。

大U陷阱在下方,小u将n倒着放;

大V竖起两手指,小v长个尖下巴;

大W是M朝天躺,小w将v弄成双;

大X像叉画本上,小x剪刀裁衣忙;

大Y弹弓没皮筋,小y比v多尾巴;

大Z和2最相像,小z呼噜声最响。

二、猜一猜,连一连。

1. VIP	传染性非典型肺炎
2. UFO	世界贸易组织
3. WTO	不明飞行物
4. SARS	重要人物

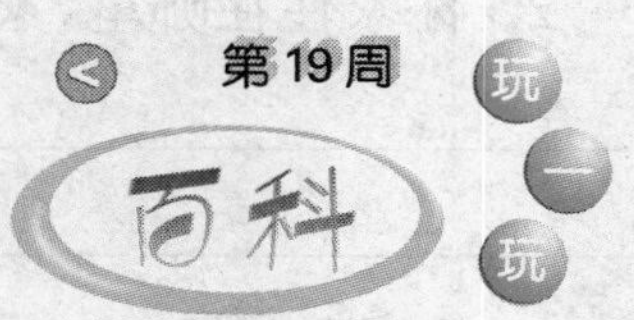

新加坡重罚“吐痰”

小朋友,你们是不是经常在大街上看到有人随地吐痰呢?在大部分国家,随地吐痰并不会受到过重的处罚,但在新加坡,这种行为可是要被重罚哦!当地法律规定,对随地吐痰者,第一次将处以1000新元的罚款,第二次将处以2000新元的罚款(折合人民币10000元)。

第20周

写想说的话

一、巧嘴巴，会说话。

1. 林芳看到公园的花儿开得很美丽，她想用一些话来赞美一下。她会怎样赞美呢？你来帮帮她。

2. 你的好朋友今天没来上学，是怎么回事呢？你很想弄清楚，就给他打了个电话，你会和他说些什么呢？

3. 你最喜欢看什么电视节目，为什么？

二、畅所欲言。

1. 你觉得我们应该怎样保护周围的环境？快向大家提提建议吧。

2. 你家住在哪里，家里有谁，你最喜欢他们中的谁，你想跟他说些什么？

劝学格言

莫等闲，白了少年头，空悲切。
下苦功，抓今天。
一分耕耘，一分收获。
人生在勤，不索何获！
抛弃时间的人，时间也抛弃他。
任何节约，归根到底是时间的节约。

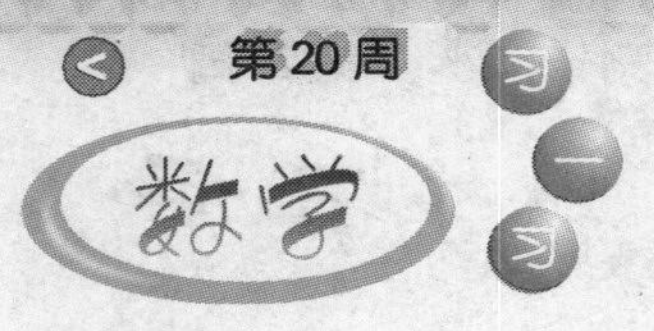

上学期总复习(1)

一、爬杆比赛。

二、星期天的公园真热闹，小动物们一起来到公园里玩滑梯，大家排好队，从前往后开始报数，轮流上去玩滑梯。你知道小兔子和小山羊分别是第几个上去玩滑梯的吗？

三、拼一拼，数一数。

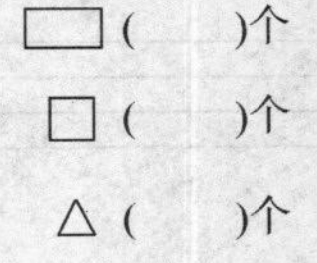

▭（　　）个

□（　　）个

△（　　）个

○（　　）个

你知道吗？ 数列

小朋友有没有注意过铁路沿线的一些标志呢？铁路线上有一种能够指示路程的标志，用来标识两地之间的距离，例如 10、20、30、40……数学上把这样按某种规律排列在一起的数叫做数列。

练一练 第20周

英语 认读字母Uu~Zz（2）

一、找朋友。（将对应的大小写字母连起来）

二、仿照范例写一写。

Uu

Vv

Ww

Xx

Yy

Zz

玩一玩 第20周

百科 雪地里的小画家

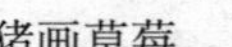

小猪画草莓

小鹅画树叶

小猫画梅花

小马画月牙

请小朋友观察一下，小动物们都是怎么画画的呢？

一、你能从下面找几个词出来连成不同的话吗？

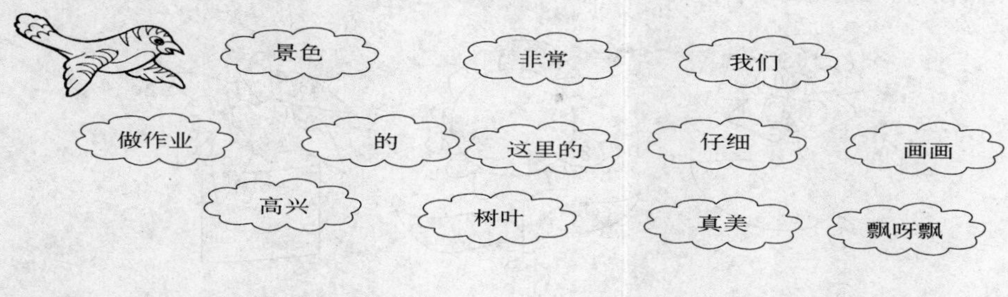

1. ________

2. ________

3. ________

4. ________

二、星星宝宝站错位，请你帮它排排队。

1.

____

2.

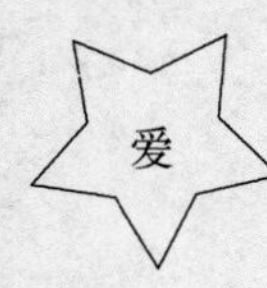

____

3.

____

谜 语

五个兄弟，
住在一起，
名字不同，
高矮不齐。

(谜底：手指)

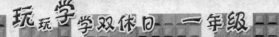

第21周 一习一习 数学

上学期总复习（2）

一、朵朵花儿开。（填数字）

二、认一认。

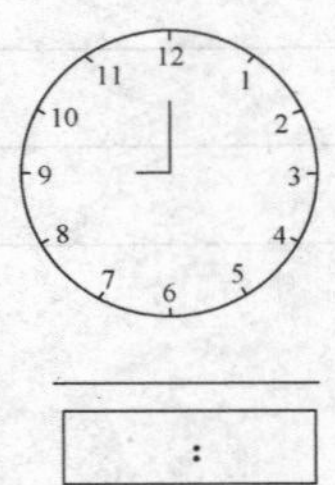

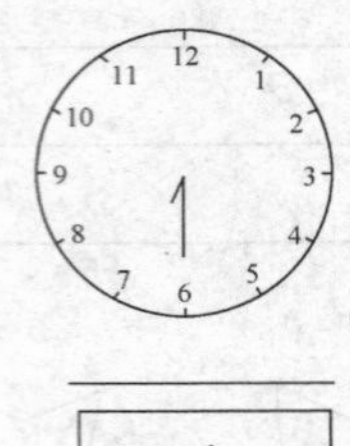

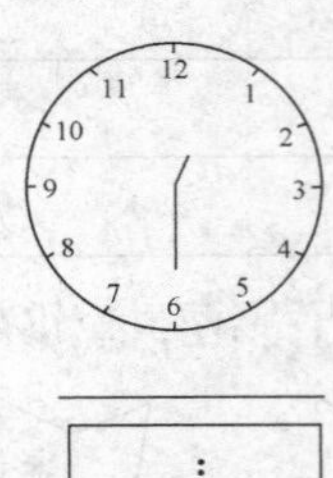

三、一共有多少只兔？

□○□＝□（只）

你知道吗？

人体中的有趣数字

人体中含有多种化学元素。以一个成年人为例，人体内含的碳，大约可制作 9000 支铅笔；人体内含的磷，大约可制作 2000 枚火柴头；人体内含的脂肪，大约可制作 8 块普通肥皂；人体内含的铁，大约可制成 1 枚铁钉。

一个健康人，平均每天吸入的空气可充满 1 个直径近 4 米的大气球。

人体血液中的红细胞寿命平均是 4 个月，但它们的一生中却“跑”了约 160 万米的路程。

第21周

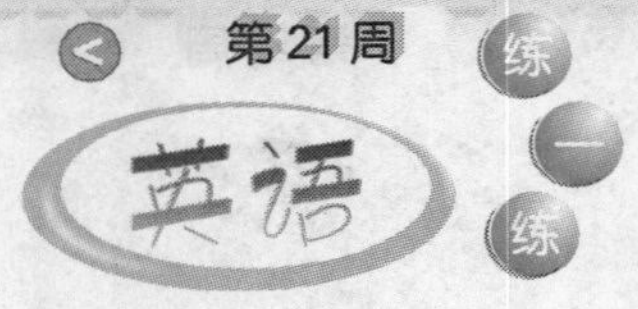

学唱英文歌（2）

学一学，唱一唱。

ABC

1=E $\frac{2}{4}$

```
1  1 | 5  5 | 6  6 |  5  - |
A  B   C  D   E  F    G

4  4 | 3  3 | 2  2 |  1  - |
H  I   J  K   L  M    N

5  5 | 4  -  | 3  3 |  2  - |
O  P   Q       R  S    T

5  5 | 4  4 | 3  3 |  2  - |
U  V   W      X  Y    Z

1  3 | 5  -  | 6  i |  5  -  |
X  Y   Z       Now you  see

4  4 | 3  3 | 2  2 | 1  -  |
I  can say my  A  B   C
```

ABC

歌词大意：

字母歌

A B C D E F G，
H I J K L M N，
O P Q，R S T，
U V W，X Y Z!
X Y Z，你看，现在我会说 ABC。

第21周

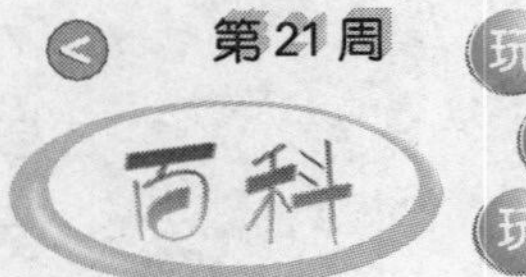

中国传统食品

汤圆

粽子

月饼

饺子

改错别字

一、森林啄木鸟。

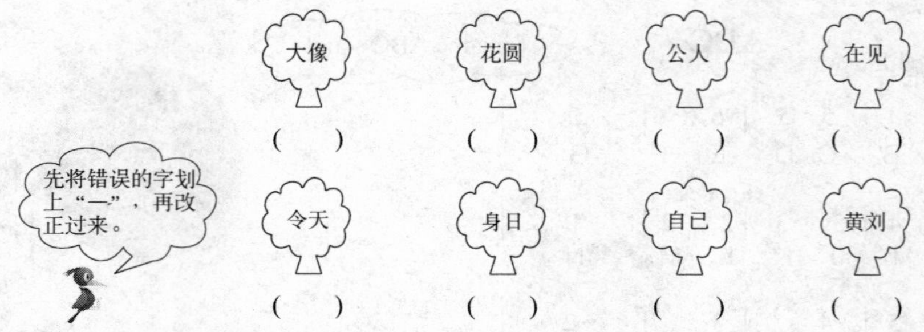

( ) ( ) ( ) ( )

( ) ( ) ( ) ( )

二、读句子，将句中的错别字找出来，划上“—”，再改正过来。

1. 乐乐爱吃木果。 ( )
2. 小华禾弟弟在打球。 ( )
3. 我家后面有一片足林。 ( )
4. 林林最喜欢包步这项运动。 ( )
5. 妈妈给我买了一个可爱的洋蛙蛙。 ( )

三、读儿歌，将儿歌中的错别字用“○”画出来，改在云朵里。

小蜻蜓

小蜻蜓，大眼睛，飞来飞去忙不亭。
飞得高，天汽晴，飞得底，天变阴。
飞来飞去飞累了，战在草尖停一停。

江 雪

（唐）柳宗元

千山鸟飞绝，
万径人踪灭。
孤舟蓑笠翁，
独钓寒江雪。

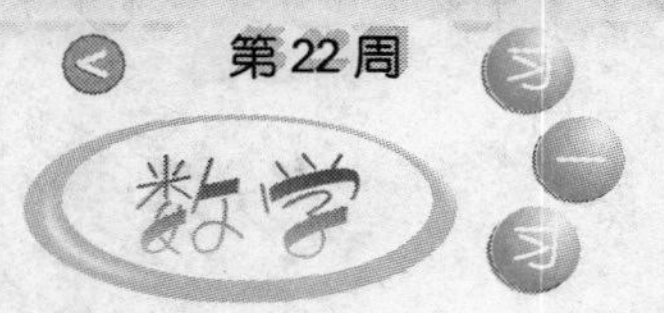

一、看一看，哪一行的皮球多？怎样移动可使两行的皮球个数同样多呢？

二、摆一摆。

第一行摆：

第二行摆：________________

从第二行拿 1 个 放到第一行，两行就同样多，第二行应摆几个 ？

三、从第二行拿几支笔到第一行，两行笔的支数就相等？

第一行：

第二行：

四、要使两边的葡萄一样多，应从右边拿几个到左边？

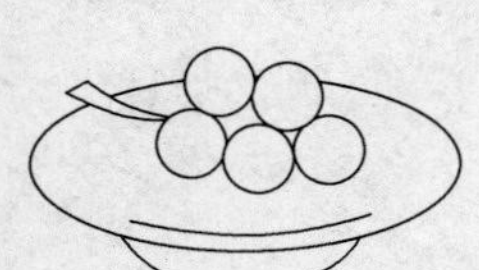

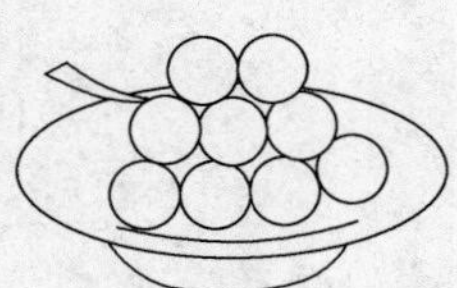

你知道吗？

盲人数学家——欧拉

欧拉是瑞士人，世界著名数学家之一。1707 年出生，1783 年逝世。他一生研究数学，写了许多书和几百篇论文。

欧拉在 28 岁时，由于过度劳累，不幸瞎了一只眼睛；59 岁时，另一眼睛也瞎了。欧拉双目失明后，仍继续研究数学，还口述了几本数学著作和 400 篇左右的论文。

欧拉记忆力很强，能复述青年时代的笔记内容，他不仅掌握了一般的口算方法，甚至高等数学中的计算问题他也可以用口算去完成。

欧拉的一生是伟大的，他给人类留下了丰富的科学遗产。

练一练 第22周

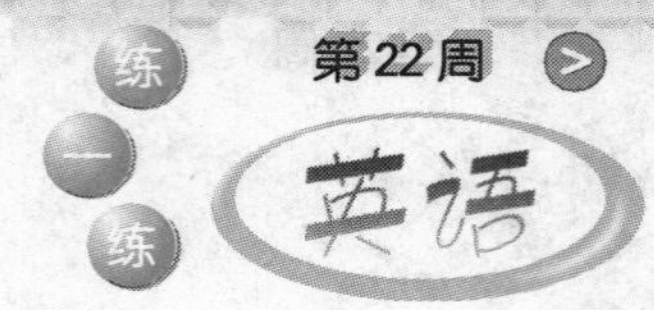

英语 学歌谣

一、说歌谣，学英语。

PRC，PRC，I'm from China.
CAN，CAN，I'm from Canada.
UK，UK，I'm from the United Kingdom.
USA，USA，I'm from America.

歌谣大意：

中国，中国，我来自中国。
加拿大，加拿大，我来自加拿大。
英国，英国，我来自英国。
美国，美国，我来自美国。

二、辨一辨，连一连。

PRC　　USA　　UK　　CAN

玩一玩 第22周

百科 动物的尾巴

孔雀的尾巴像把扇

松鼠的尾巴像把伞

燕子的尾巴像剪刀

老虎的尾巴像鞭子

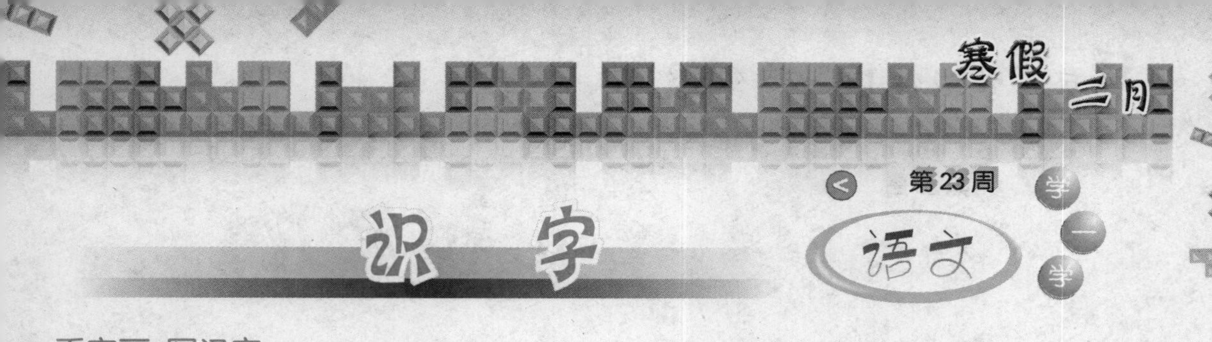

一、看字画，写汉字。

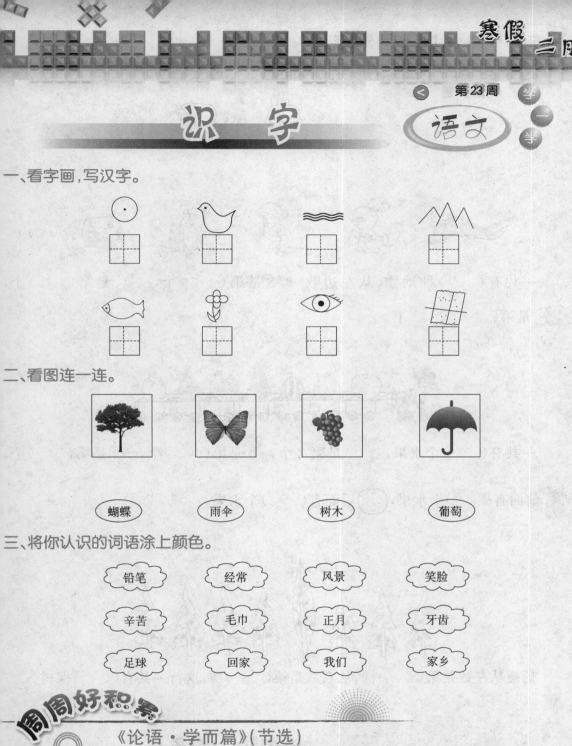

二、看图连一连。

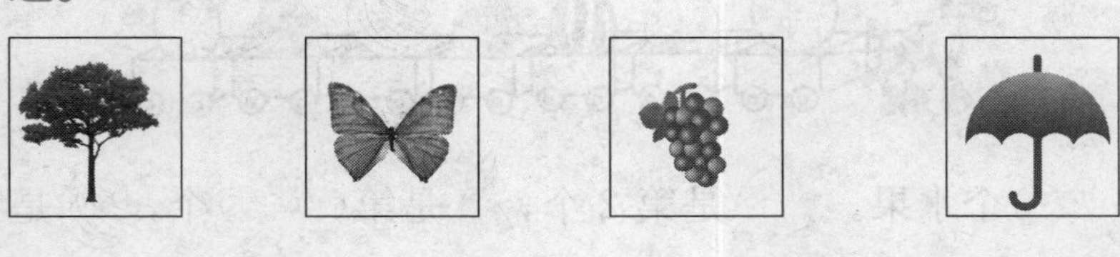

蝴蝶　雨伞　树木　葡萄

三、将你认识的词语涂上颜色。

周周好积累

《论语·学而篇》(节选)

学而时习之，不亦说乎？有朋自远方来，不亦乐乎？人不知，而不愠，不亦君子乎？

礼之用，和为贵。

人患人之不己知，患不知人也。

第23周

数学 几和第几

一、小动物排队。

一共有（　　）种动物，从左边数鳄鱼是第（　　）个，青蛙是第（　　）个，熊猫是第（　　）个。

二、小马拉车。

一共有（　　）个水果。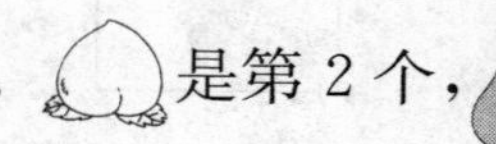桃是第 2 个，梨是第（　　）个，香蕉是第（　　）个。

菠萝前面有（　　）个水果，苹果后面有（　　）个水果。

三、小树林。

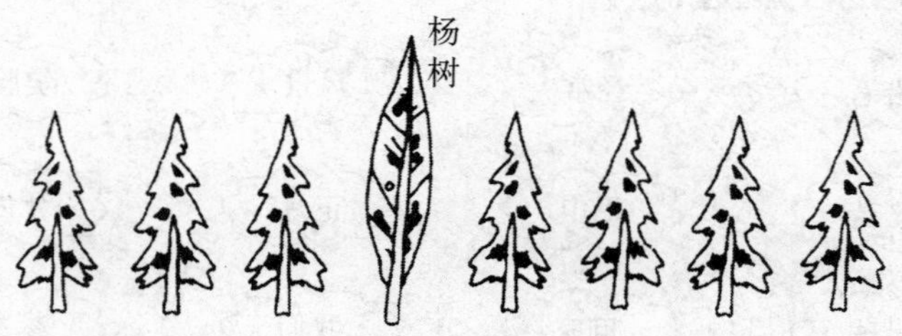

杨树从左数是第（　　）棵，从右数是第（　　）棵，这行一共有（　　）棵树。

你知道吗？ 小幽默——数猪

一个农夫有 20 头猪。一天，他让儿子去数一下，看猪是否都在。过了一会儿，儿子回来了。

农夫问：“怎么样，猪少了吗？”

“啊，我只数了 19 头，另 1 头小猪到处乱跑，跑得太快，我怎么也数不上它。”

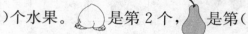

复习26个字母

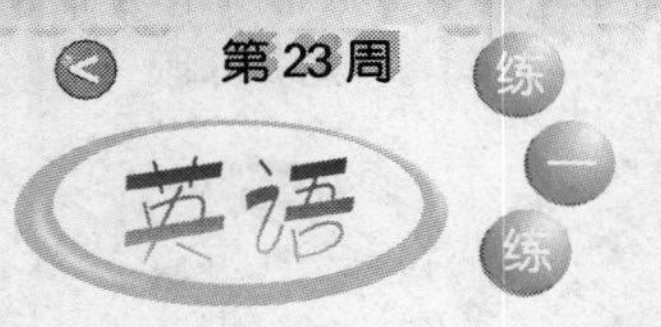

按 26 个字母的顺序连线。

它是什么动物呢？ ________

西餐礼仪

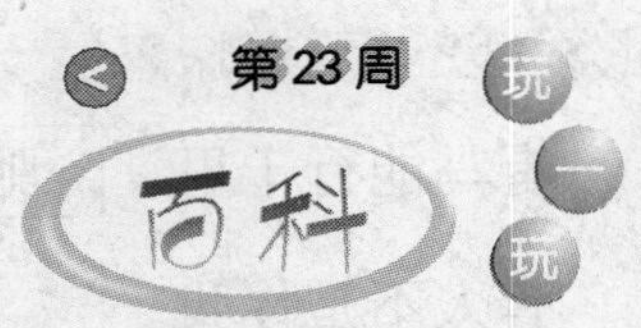

吃西餐要左手持叉，右手持刀；左手食指放在叉子把上，右手食指按在刀背上。吃某些食物时，先用左手拿叉子按住食物，右手用刀将其切成小块，然后用叉子叉住食物，放到嘴里。主菜吃完后，要把刀叉并在一起，斜放在盘子里。吃剩的鸡、鱼骨头和渣子放在自己盘子的外缘，不要放在桌上，更不能丢在地上。

使用餐巾时要对折之后平铺在大腿上。餐巾可用来擦嘴或手，不可用来擦餐具或擦脸。如果打喷嚏或咳嗽，要用餐巾或手帕捂住嘴或鼻子，同时转过脸去。如果在用餐期间需要暂时离开一会儿，应将餐巾放在自己所坐的椅子上，以示很快即回。

第24周

语文 猜字谜

一、猜一猜，在正确的答案后面打√。

1. 心上有你。

A. 您(　　)　　B. 心(　　)　　C. 你(　　)

2. 太阳过生日。

A. 日(　　)　　B. 早(　　)　　C. 星(　　)

3. 大王头上有个人。

A. 全(　　)　　B. 玉(　　)　　C. 天(　　)

二、汉字变魔术。

例：木——林

口—(　)　　日—(　)　　火—(　)

又—(　)　　夕—(　)　　月—(　)

三、猜一猜，读一读。

“人”字进门金光(　)，“市”字进门(　)翻天，

“才”字进门(　)上眼，“日”字进门赶时(　)，

“耳”字进门新(　)多，“马”字进门(　)在前。

四、有趣的字谜，快来猜一猜。

有马能行千里。驰　　有土能种庄稼。(　)

有人不是你我。(　)　　有水能养鱼虾。(　)　　这个字是______

周周好积累

谜　语

身穿白袍子，
头戴红帽子，
走路像公子，
说话高嗓子。（打一动物）

（谜底：鹅）

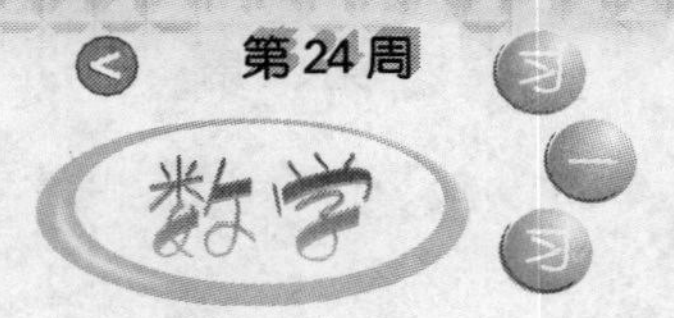

简单分类

一、整理下面的卡片。

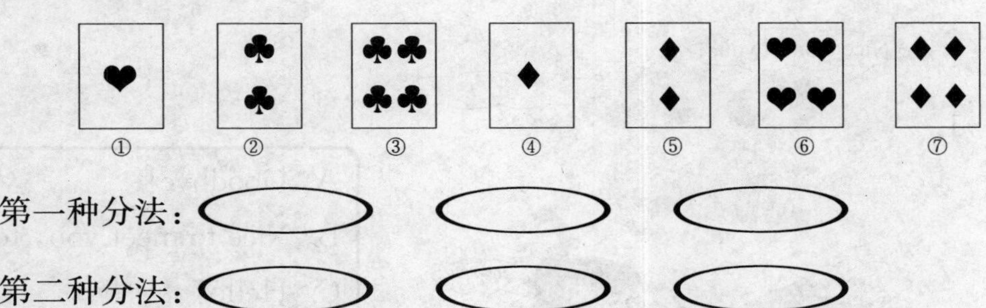

第一种分法：

第二种分法：

二、把下面的铅笔进行分类，你有几种分法？

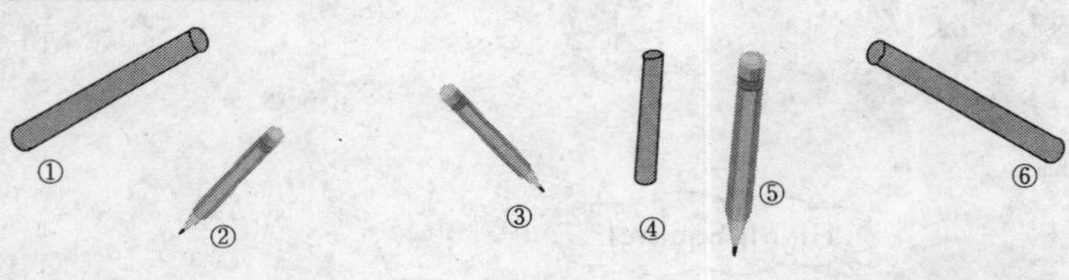

第一种分法：

第二种分法： 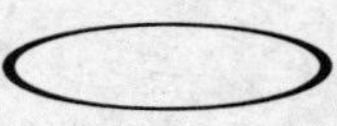

三、把图中的东西分类，你有几种方法？

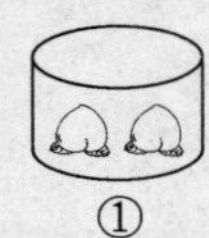
①

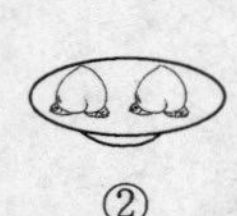
②

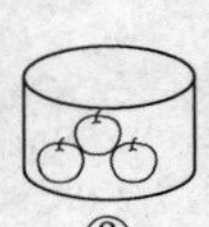
③

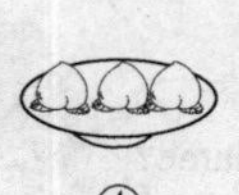
④

⑤

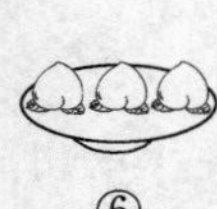
⑥

1. 根据水果种类分类：________________

2. 根据盘子的不同分类：________________

3. 根据水果的个数分类：________________

数学小游戏

从河对面游来一队青蛙。小明是近视眼，没看清是几只，问小刚。小刚眨眨眼说："三只前面有一只，一只前面有两只。"小明一听，有点糊涂，他拿起河边的小石子摆一摆，一下子就知道了。

小朋友，如果你听着也有点糊涂，不妨也来摆一摆。

练一练 第24周

英语 交际用语的运用（1）

从方框里选出各句的应答语。

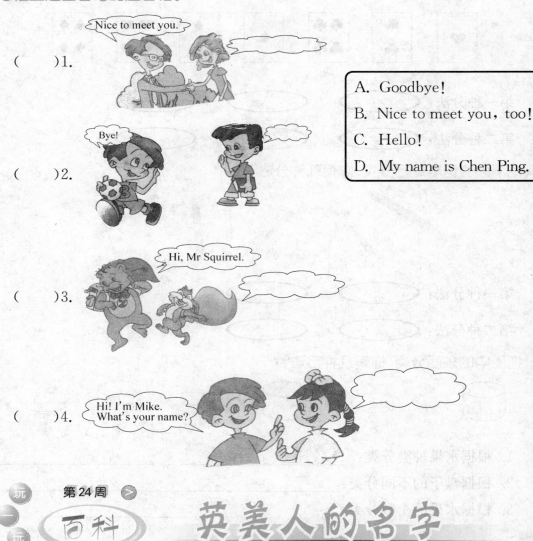

(　　)1.

(　　)2.

(　　)3.

(　　)4.

A. Goodbye!

B. Nice to meet you，too!

C. Hello!

D. My name is Chen Ping.

玩一玩 第24周

百科 英美人的名字

在英、美国家的家庭里，人们的名字通常由两部分组成：first name 和 surname，如：John White，其中 John 是 first name(名)，White 则是 surname(姓)。人们对刚结识的人一般称呼其 surname，如：Mr. White，Miss Smith，而不直接称呼他(她)的 first name，如：Peter，John。因为讲英语的国家很多人都叫 John Smith，这时就需要用 middle name 来区分，如：John Peter White。

看拼音，写字词

一、看图拼一拼，写词语。

二、摘苹果。

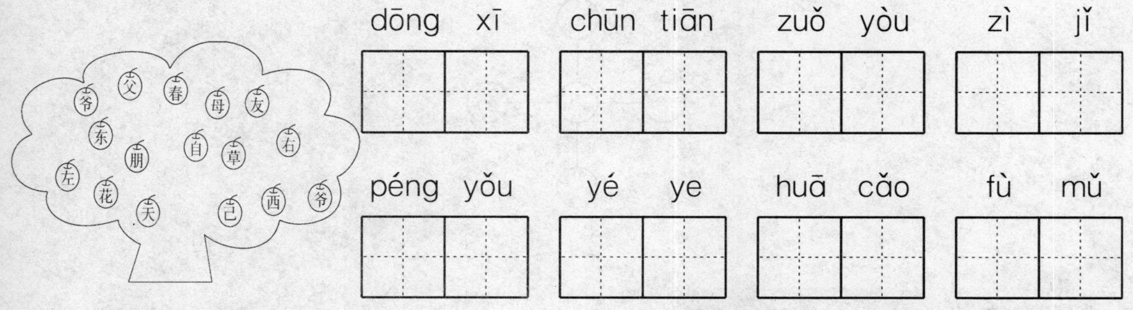

周周好积累

晒太阳

太阳晒，小草绿，

太阳晒，花儿香。

宝宝也要太阳晒，

晒了太阳才健康。

填填数字

一、下面每条线上都有 3 个○，要使 3 个○里的数加起来得到 16，○里应该填多少？

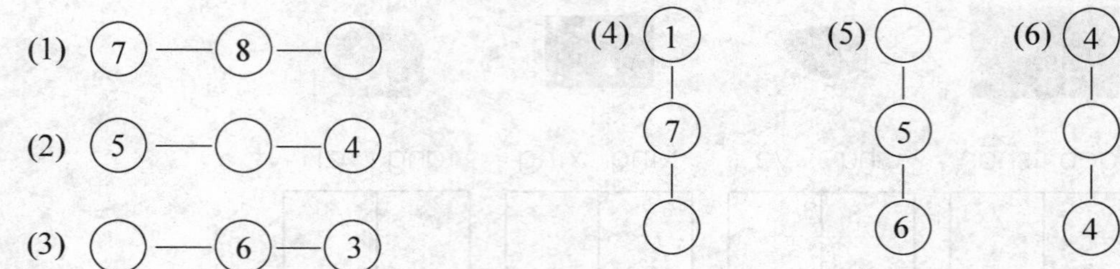

二、填上数，使每一行上的 3 个数相加都得 10。

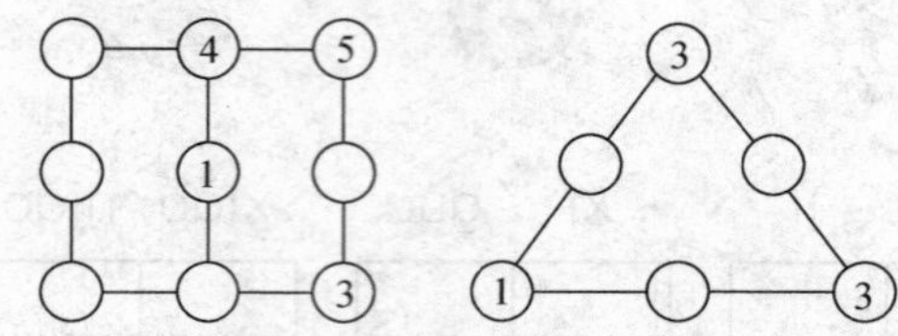

三、将 3、4、5、6、7 这 5 个数填入○里，使横行、竖行 3 个数相加的和相等。你能想出几种方法？

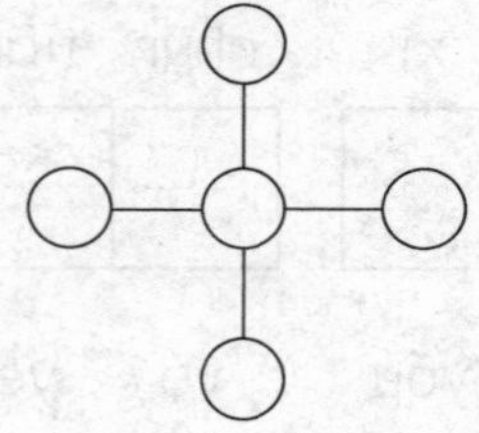

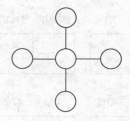

你知道吗？ 珍惜寸阴

“寸阴”形容极短的时间，人们常把珍惜时间说成“珍惜寸阴”。

有的同学不禁要问，在数学里，“寸”是旧制的长度单位，“阴”是阴影，“寸阴”怎么会用来表示时间呢？

原来，古时候没有钟表，人们就竖一根木棍，木棍在太阳下会有阴影，人们通过测定木棍影子的长短变化来计时，所以那时候时间是和阴影的长短有关的。由于“寸”是很小的长度单位，因而“寸阴”就表示非常短暂的时间了。“寸阴”一词后来演变为俗语“一寸光阴一寸金，寸金难买寸光阴”。其中“光阴”也就泛指时间了。

下学期
三月

交际用语的运用（2）

英语

从方框里选出下列各问句的应答语。

(　　)1.

Hi, Ann! How are you?

(　　)2.

Good afternoon!

(　　)3.

Good night!

(　　)4.

How do you do?

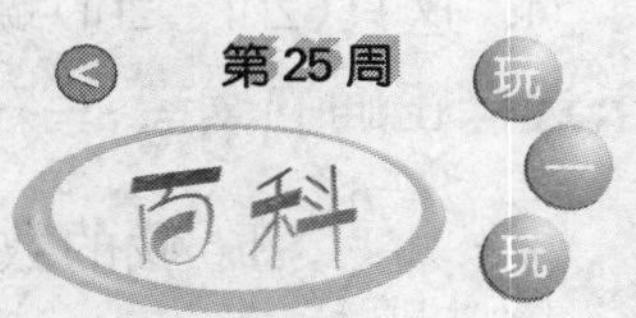

A. I'm fine, thank you.
B. Good night!
C. Good afternoon!
D. How do you do?

四吃"三明治"

百科

当富兰克林·罗斯福第四次连任美国总统时，一位记者去采访他，请他谈谈这次连任的感想。

罗斯福没有回答，而是很客气地请这位记者吃一块三明治。记者觉得这是殊荣，便十分高兴地吃了下去。罗斯福什么也不说，微笑着又请他吃第二块三明治。没想到罗斯福接下来又请他吃第三块。记者简直受宠若惊，虽然肚子里已经觉得很撑，但还是勉强吃了下去。哪知罗斯福在他吃完之后又说："请再吃一块！"记者一听啼笑皆非，因为他实在吃不下去了。罗斯福微笑着说："现在，你不需要再问我对于这第四次连任的感受了吧？因为你自己已经感觉到了。"

第26周

多音字

一、选择合适的读音涂上颜色。

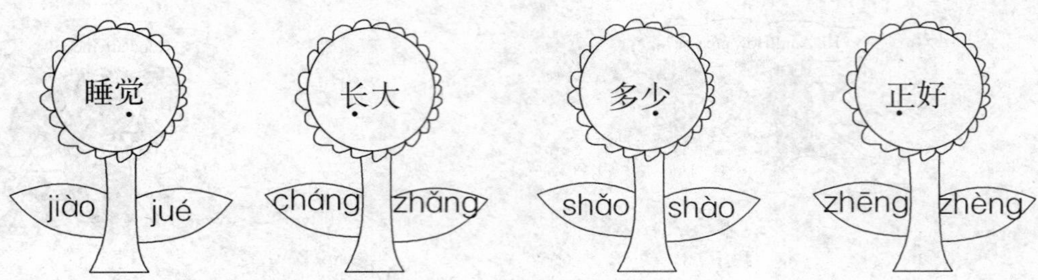

二、花落谁家。

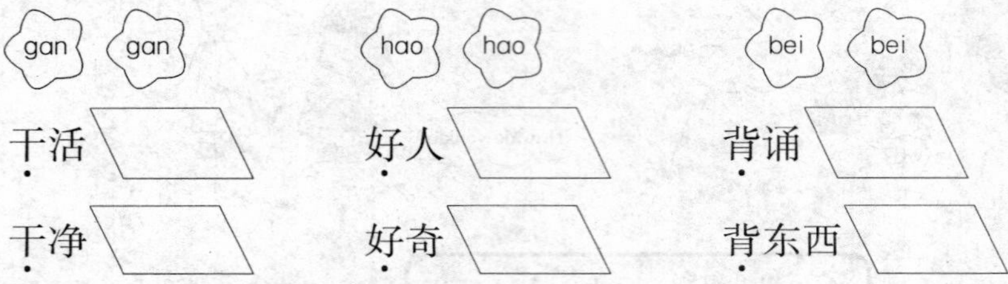

三、给带点的多音字选择合适的读音打上"√"。

1. 听音乐(yuè　lè)是一件非常快乐(yuè　lè)的事。
2. 小路旁长(zhǎng　cháng)满了长长(zhǎng zhǎng　cháng cháng)的野草。
3. 我和(hé　huo)妹妹在暖和(hé　huo)的阳光下游戏。
4. 这只(zhī　zhǐ)蝴蝶只(zhī　zhǐ)是我不小心踩死的。

四、选择正确的读音,写在括号里。

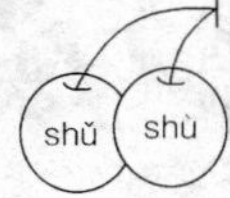

1. 我的数(　　)学书不见了。
2. 天上的星星多得数(　　)不清。

shào shǎo

3. 我们班有二十名少(　　)先队员。
4. 妈妈叫我少(　　)吃零食。

周周好积累

咏　柳

(唐)贺知章

碧玉妆成一树高,万条垂下绿丝绦。
不知细叶谁裁出,二月春风似剪刀。

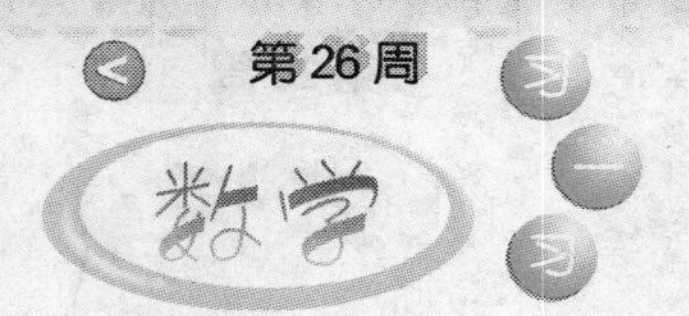

图形算式

一、下图的图形各表示几?

1. △－○＝7
   5＋○＝6
   △＝(　　)
   ○＝(　　)

2. △＋□＝10
   □－2＝5
   △＝(　　)
   □＝(　　)

3. ☆＋☆＝8
   ☆＋□＝7
   ☆＝(　　)
   □＝(　　)

二、3 种蔬菜各值多少钱?

＋　＋　＝20 角

6 角＋　＝12 角　　　＋　＝16 角

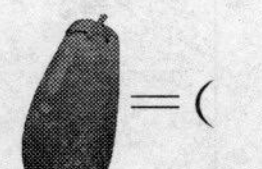＝(　　)角　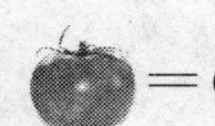＝(　　)角　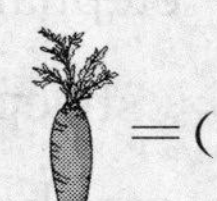＝(　　)角

三、看图形算式,填(　)。

1. ☆＋☆＋○＋○＝12
   ☆＋☆＋☆＋○＋○＝15
   ☆＝(　　)
   ○＝(　　)

2. ☆＋△＋△＝10
   ☆＋☆＋☆＋☆＋△＋△＝16
   △＝(　　)
   ☆＝(　　)

3. ○＋△＋△＝8
   ○＋○＋△＋△＋△＝14
   △＝(　　)
   ○＝(　　)

你知道吗?　“＝”号的来历

16 世纪法国数学家维加特用“＝”表示两个量的差别,可是英国牛津大学数学修辞学教授觉得用“＝”表示两数相等是最合适的。“＝”(等号)从 1540 年开始使用。

动物园里真热闹（4）

一、学一学，说一说。

大象 elephant 慢慢摇。

马儿 horse 快快跑。

绵羊 sheep 爱吃草。

老虎 tiger 爱大叫。

二、辨一辨，连一连。

elephant	公鸡
sheep	马
monkey	大象
horse	绵羊
cock	猴子

大音乐家贝多芬

同学们，你们知道贝多芬吗？对，就是那位创作出《命运交响曲》、《田园交响曲》等许多经典作品的大音乐家。今天，我要给大家讲一个发生在他身上的有趣的故事。

有一次，他去一家饭馆就餐，刚坐下来就聚精会神地构思他的乐章，还不时地用手指轻轻敲打桌面，有时又激动地手舞足蹈。

当他把一个乐章构思完毕之后，他高兴地把侍者叫来说，“请结账！”一直观察着这个特别的顾客，而又不认识贝多芬的侍者忍不住“扑哧”一声笑出来说，“先生，您还没有点东西呢。”

词语搭配

语文

一、鲜花配绿叶。(连一连)

弯弯的	杨树	一条	雨伞
长长的	月儿	一列	布鞋
高高的	星星	一把	小鱼
闪闪的	火车	一双	火车

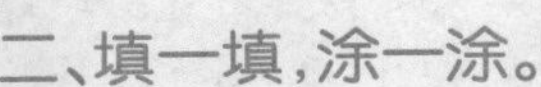

二、填一填,涂一涂。

(　　)的太阳　　(　　)的小草　　(　　)的稻子

(　　)的叶子　　(　　)的花朵　　(　　)的苹果

三、黄金搭档。

可爆的(　　)　　明亮的(　　)　　美丽的(　　)

高大的(　　)　　温暖的(　　)　　精彩的(　　)

(　　)的时光　　(　　)地成长　　(　　)的问题

(　　)地看着　　(　　)地歌唱　　(　　)地推

周周好积累

珍惜时间的名人名言

人生太短,要干的事太多,我要争分夺秒。——爱迪生

时难得而易失也。——贾谊

如果有什么需要明天做的事,最好现在就开始。——富兰克林

上下、前后、左右

一、等电梯。

1. 图中乘电梯的一共有(　　)个人。
2. 小明前面有(　　)个人,后面有(　　)个人。
3. 从后往前数小明站在第(　　)。

二、猜猜它们该放在哪一格,然后连起来。

我们在苹果的下面,白菜的上面。
我们在苹果的上面。

三、

1. 第1盆有3朵花,第3盆有(　　)朵花。
2. 有4朵花的是第(　　)盆,它左边的一盆有(　　)朵,右边的一盆有(　　)朵。

数学小游戏

小明家里有只台钟,到了几时就响几下,每半时也响一下。一天中午,小明先听见钟响一下,没多久又听见响下一,过一会儿又听见响一下,你知道最后一响是什么时刻吗?

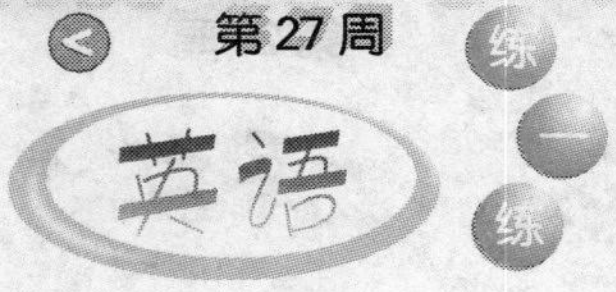
英语
练一练

学唱英文歌(3)

一、唱一唱，学元音字母。

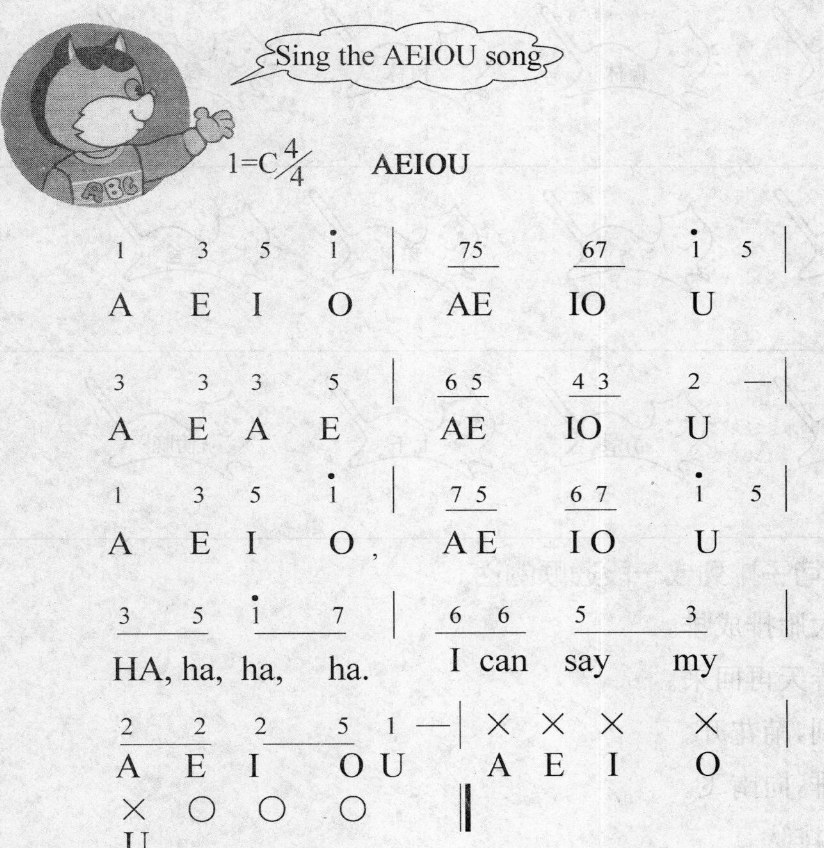
Sing the AEIOU song
1=C 4/4 AEIOU
1 3 5 i | 75 67 i 5 |
A E I O AE IO U
3 3 3 5 | 6 5 4 3 2 — |
A E A E AE IO U
1 3 5 i | 7 5 6 7 i 5 |
A E I O, AE IO U
3 5 i 7 | 6 6 5 3 |
HA, ha, ha, ha. I can say my
2 2 2 5 1 — | × × × × |
A E I OU A E I O
× ○ ○ ○ ‖
U

歌曲大意：

AEIO，AEIOU。AEAE，AEIOU。AEIO，AEIOU。

哈，哈，哈，哈。我会说 AEIOU，AEIOU。

百科
玩一玩

著名城市的别称

昆明—春城　　武汉—江城　　苏州—水城　　济南—泉城

南京—石头城　　重庆—山城（雾都）　　哈尔滨—冰城

广州—羊城（花城）　　拉萨—日光城　　成都—蓉城（锦城）

第28周

排列句序

一、按一定的顺序给小猫排排队

1.

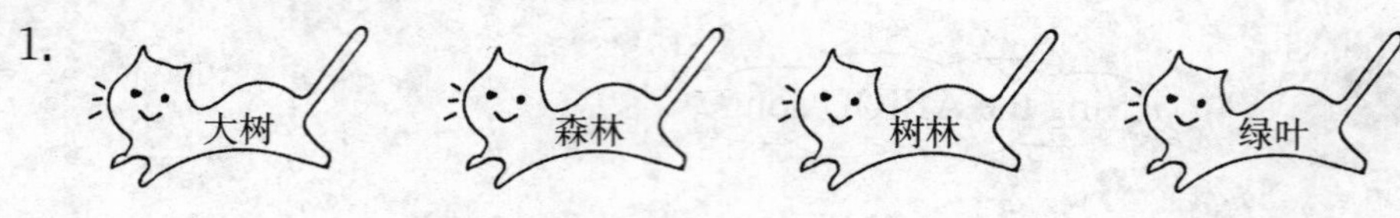

2.

3.

二、把下面错乱的句子排列成一段通顺的话。

(　　)天上大雁排成排。

(　　)明年春天再回来。

(　　)秋天到,菊花开。

(　　)排成排,向南飞。

三、给星星宝宝排排队。

☆长大以后,不大爱活动,常常用爪子抱着头,呼呼睡大觉。

☆小熊猫小的时候很活泼,喜欢爬上爬下。

☆有时它也摆动胖乎乎的身子,走来走去找东西吃。

☆你去逗它,它会睁开眼睛看一看,然后又呼呼地睡了。

周周好积累

常见姓氏的表达方法

三横王	草头黄	弓长张	立早章
古月胡	口天吴	双口吕	木土杜
言午许	双人徐	耳东陈	干钩于

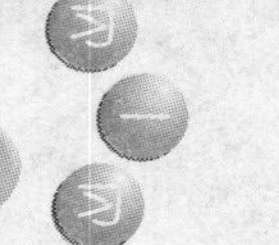

一、看电影。找座位。(连一连)

12排	12	10	8	6	4	2	1	3	5	7	9	11	13
11排	12	10	8	6	4	2	1	3	5	7	9	11	13
10排	12	10	8	6	4	2	1	3	5	7	9	11	13
9排	12	10	8	6	4	2	1	3	5	7	9	11	13

12排11号

二、帮小熊找到吃的食物。

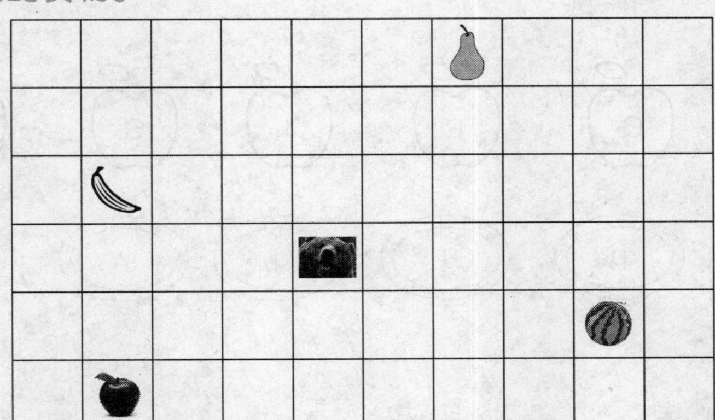

1. 往(　　)走(　　)格,再往(　　)走(　　)格,就能吃到。
2. 往(　　)走(　　)格,再往(　　)走(　　)格,就能吃到。
3. 往(　　)走(　　)格,再往(　　)走(　　)格,就能吃到。
4. 往(　　)走(　　)格,再往(　　)走(　　)格,就能吃到。

你知道吗?

三角形具有稳定性

三角形具有稳定性,许多栅栏门上会斜着钉一根木条,桥梁或屋顶也常用一个三角形构成的支架,这都是运用了三角形的稳定性。

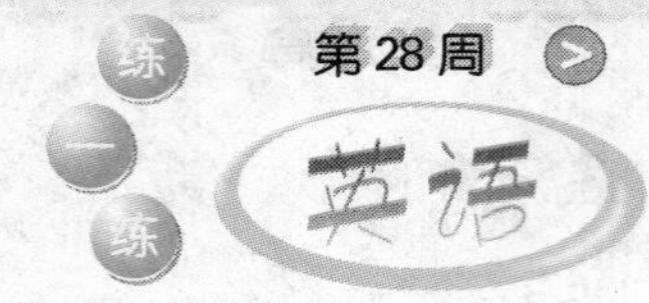

第28周

英语 认读元音字母及其他(1)

一、认一认,圈一圈。(圈出每组中的元音字母)

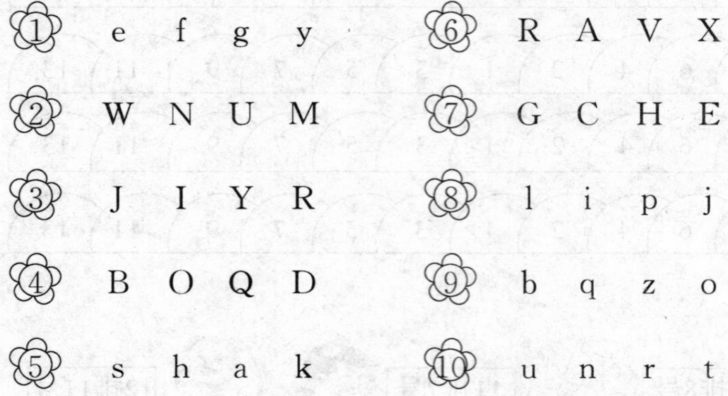

① e f g y

② W N U M

③ J I Y R

④ B O Q D

⑤ s h a k

⑥ R A V X

⑦ G C H E

⑧ l i p j

⑨ b q z o

⑩ u n r t

二、找朋友。(将大小写匹配)

大写字母: Q P J G Y

小写字母: p g q y j

第28周

百科 多吃水果蔬菜防近视

据卫生部统计,沿海省市部分大中城市高中生的近视眼发病率高达50%。近视的发生与一种名为“叶黄素”的营养物质摄入过少大有关系。科学证明:多吃柑橘、胡萝卜可防视力退化。城市孩子通常吃高蛋白、高营养食物,很少吃新鲜绿色蔬菜,故叶黄素摄入量相应少得多。有鉴于此,营养学家建议:每天应多吃柑橘类水果,防止视力退化。

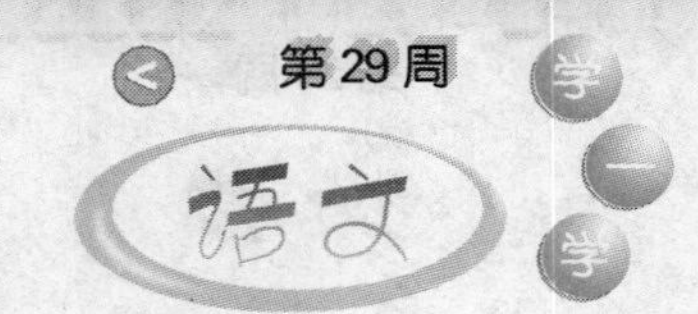

仿写词语

一、我会写。

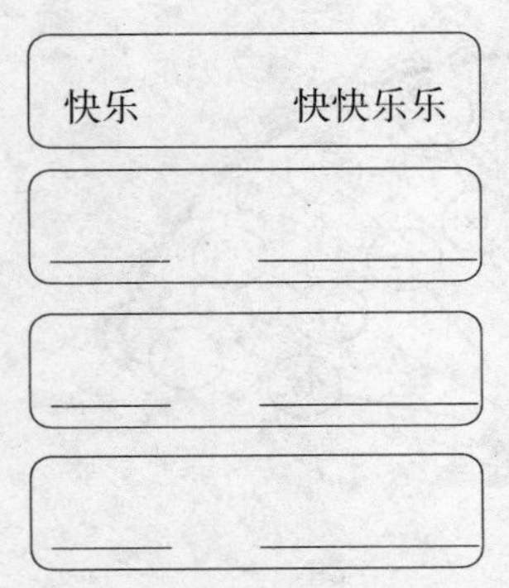

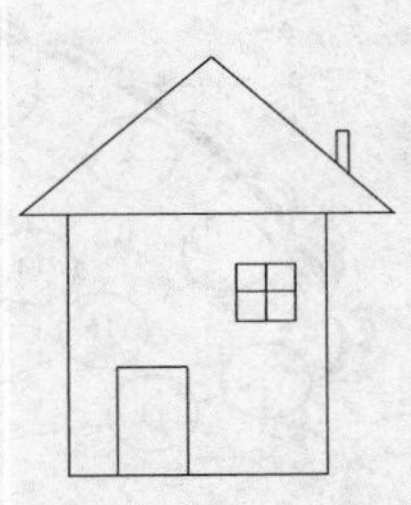

二、词语模仿秀。

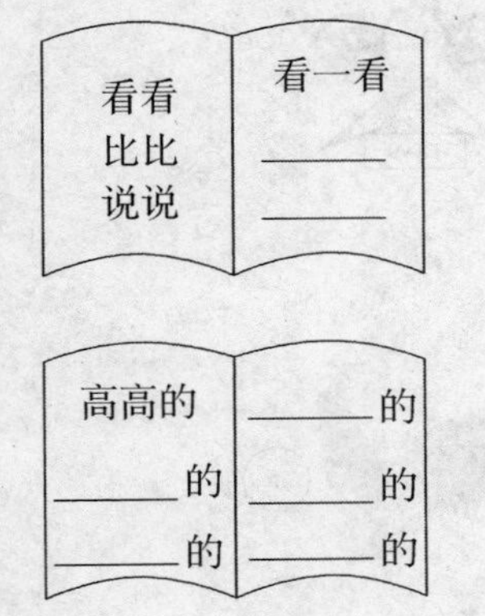

高高的　______的
______的　______的
______的　______的

绿油油　白______
红______　金______
黄______　黑______

三、巧嘴说说。

很多很多的房子
很____很____的山
很____很____的太阳
很____很____的____

周周好积累

关于"友谊"的名人名言

真正的友情，是一株成长缓慢的植物。——华盛顿

亲善产生幸福，文明带来和谐。——雨果

挚友如异体同心。——亚里士多德

第29周

数学 十几减9

一、孔雀开屏。

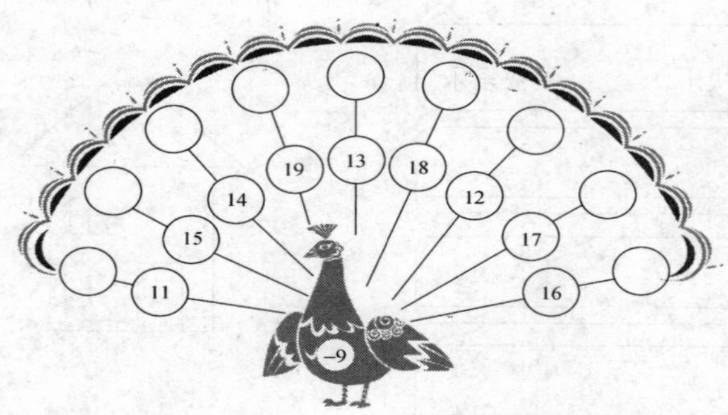

二、放风筝。（连一连）

三、小蚂蚁搬豆子。

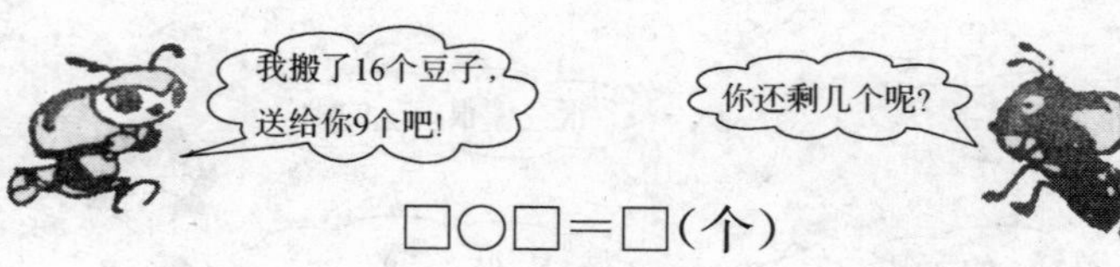

我搬了16个豆子，送给你9个吧！
你还剩几个呢？

□○□＝□（个）

数学小游戏

3+5 → 4+6 → 4+8 → 16−9 → 9+9
↓
1−1 ← 10−4 ← 5+6 ← 13+7 ← 7+8

先计算出结果，再按数字顺序连线。只要记住排列的顺序，就可以画出一幅漂亮的画。说出是什么图画？

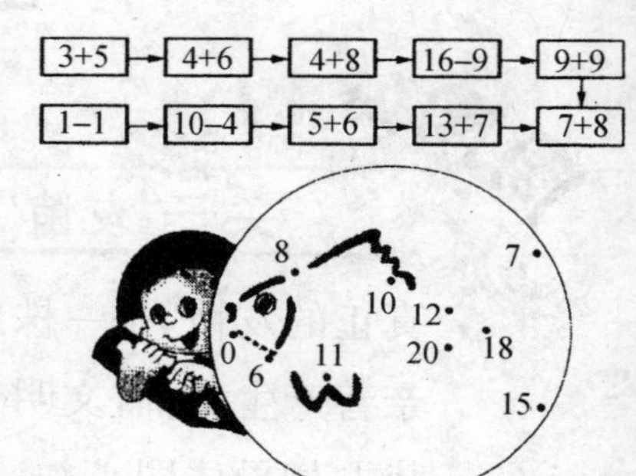

26个字母的书写(1)

一、按26个字母的顺序填空。

Aa Bb ____ Dd Ee Ff ____ Hh Ii ____

Kk ____ Mm Nn ____ Pp Qq Rr ____ Tt

Uu ____ Ww ____ Yy Zz

二、指出图中字母所表达的含义。

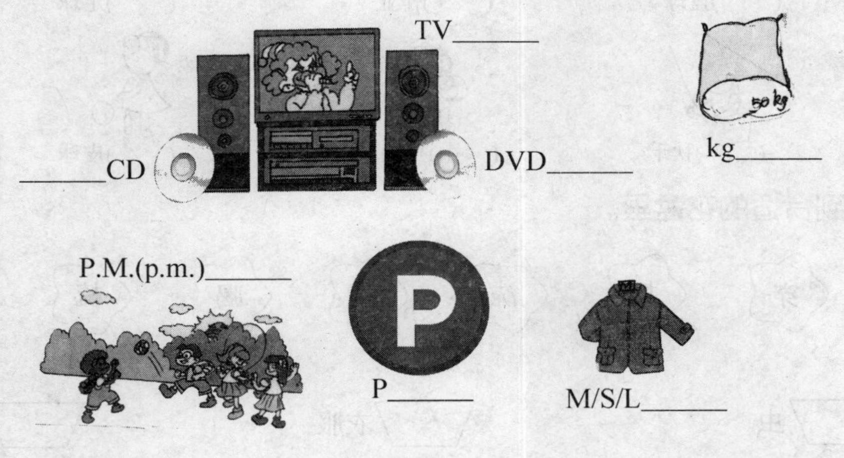

认识英语

英语是联合国的六种工作语言(汉语、英语、法语、俄语、阿拉伯语、西班牙语)之一,也是事实上的国际交流语言。现在,世界上以英语为母语的国家有6个:英国、美国、加拿大、新西兰、澳大利亚、爱尔兰。世界上60%以上的信件、50%以上的报纸杂志是用英语书写的,英语已成为世界上使用范围最广泛的一种语言。同学们,你们一定要好好学习,打好英语基础哟!

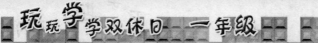

第30周

语文

动词集合

一、看图选一选，填一填。

踢　荡　写　打　拍　吃

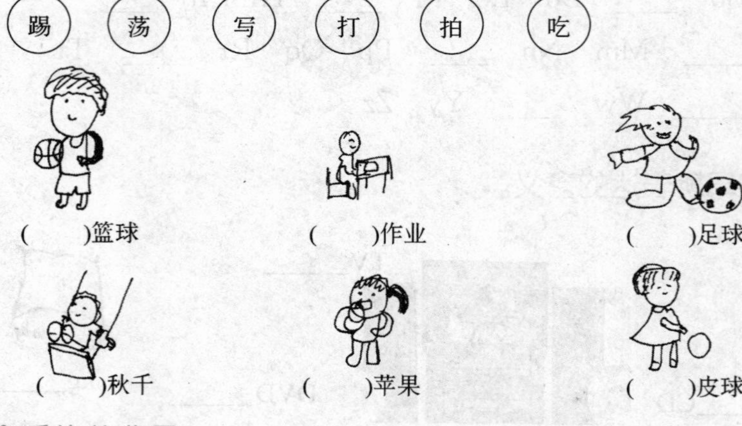

(　　)篮球　(　　)作业　(　　)足球

(　　)秋千　(　　)苹果　(　　)皮球

二、把花栽到合适的花盆里。

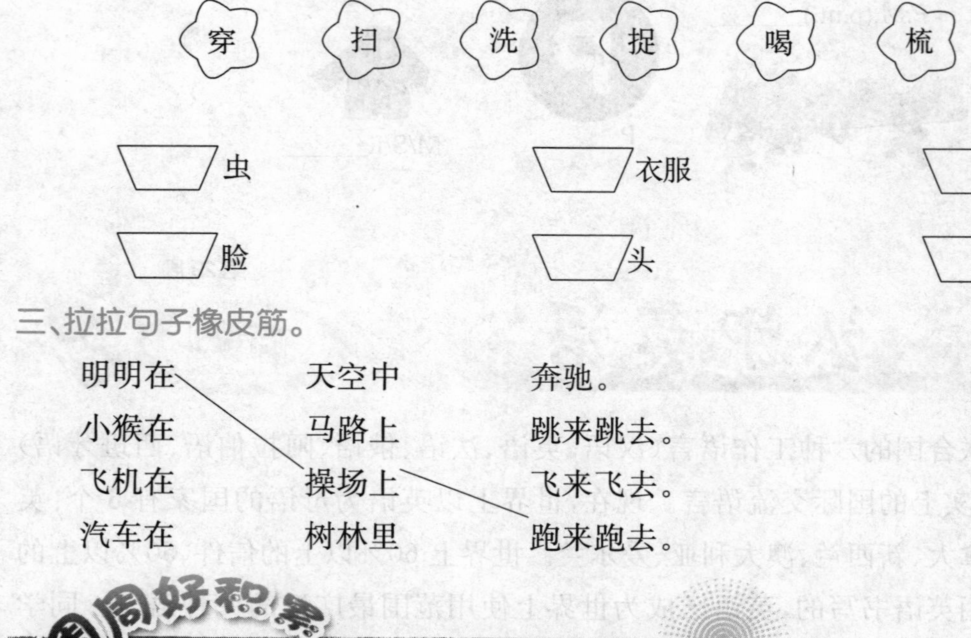

三、拉拉句子橡皮筋。

明明在　天空中　奔驰。

小猴在　马路上　跳来跳去。

飞机在　操场上　飞来飞去。

汽车在　树林里　跑来跑去。

周周好积累

绝　句

(唐)杜甫

两个黄鹂鸣翠柳，一行白鹭上青天。

窗含西岭千秋雪，门泊东吴万里船。

十几减几

一、朵朵花儿开。

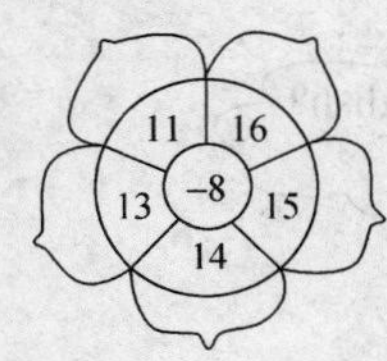

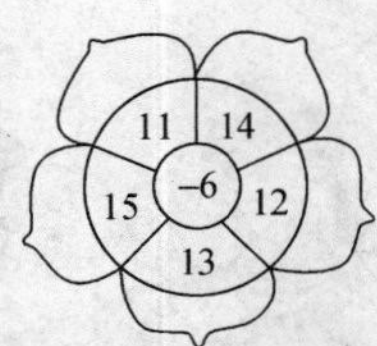

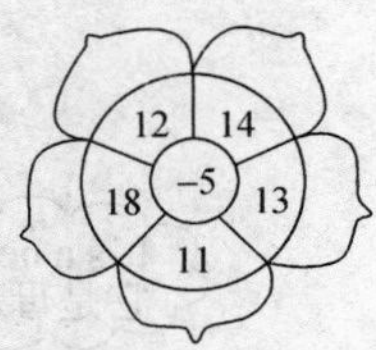

二、乌鸦喝水。（连一连）

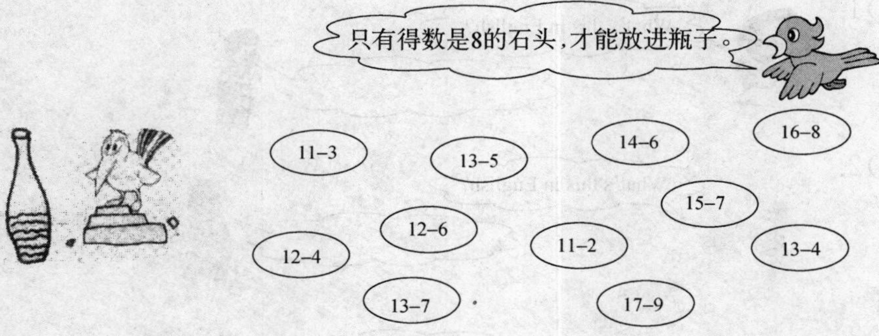

三、小小统计员。

原有	15 个	13 个	14 辆
卖出	8 个	（　　）个	9 辆
还剩	（　　）个	7 个	（　　）辆

你知道吗？ 奇妙的数字“七”

“七”与人们的生活有着密切的关系。开门七件事——柴、米、油、盐、酱、醋、茶，这些都是生活必需品。

“七”与人们的情绪也有密切关系。中医根据祖国医学中的七情——喜、怒、忧、思、悲、恐、惊的波动能发现人体的疾病。

“七”与颜色有关，赤、橙、黄、绿、青、蓝、紫就是“七色”。

“七”被人们引入音乐，就是简谱中的1、2、3、4、5、6、7。

练一练 第30周

英语 询问物品及其回答（1）

学一学，答一答，选一选。

What's this in English?
这用英语怎么说？

It's a hen.
它是母鸡。

(　　)1.

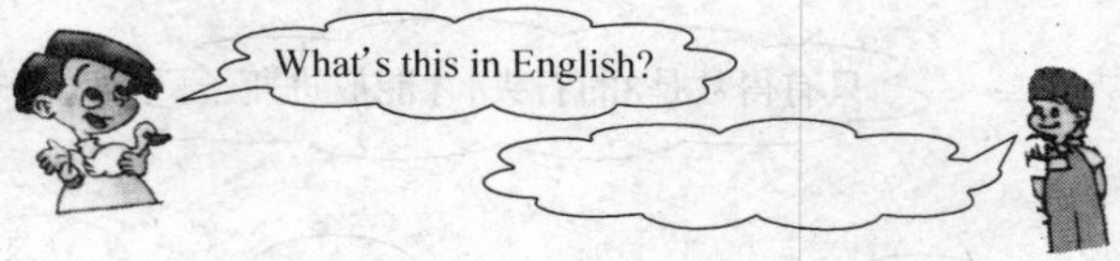

What's this in English?

(　　)2.

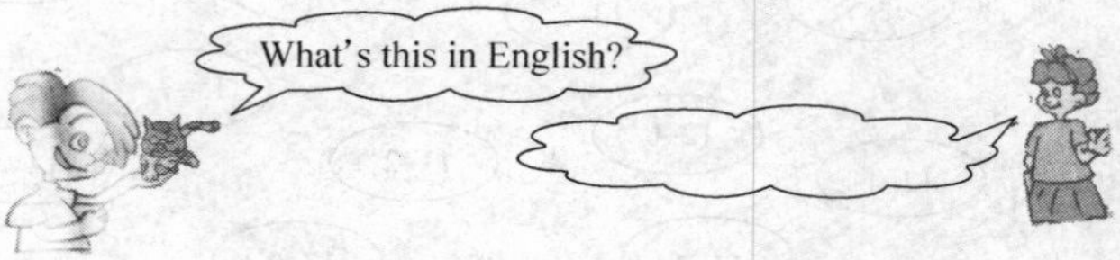

What's this in English?

(　　)3.

What's this in English?

A. It's a dog.　　B. It's a duck.　　C. It's a cat.

玩一玩 第30周

百科 月亮大还是太阳大？

太阳的体积是141.2亿立方千米，是地球的130.25万倍，直径约1 392 000千米，平均密度为1.409克/立方厘米，质量为1.989×10^{33}千克。至于月亮自然小得多，月亮比地球还小，直径是3 476千米，大约等于地球直径的3/11，月亮的表面面积大约是地球表面面积的1/14，比亚洲的面积还稍小一些；它的体积是地球的1/49，换句话说，地球里面可装下49个月亮。月亮的质量是地球的1/81，所以当然是太阳大，而之所以肉眼看着太阳比月亮小，是因为太阳离地球更远。

同音字

一、爱“拼”才会赢。

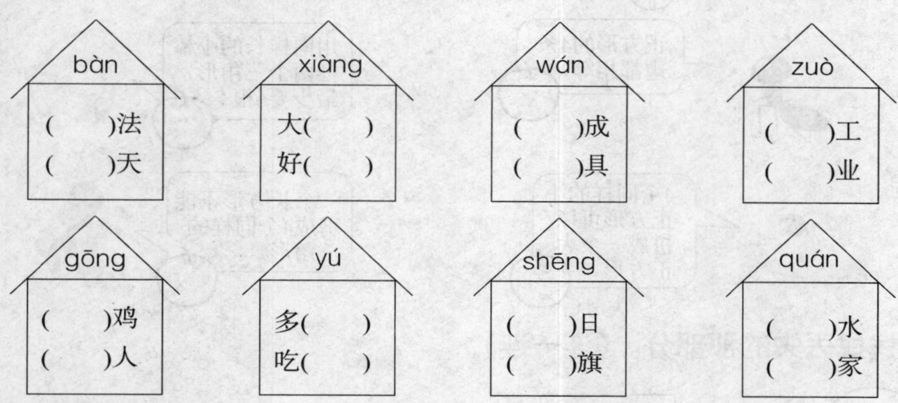

二、送小鸟回家。

1. (　　)天放学后，我就帮妈妈做家务活。
2. 我们的学校真(　　)丽。

3. 太阳从(　　)边升起。
4. (　　)天到了，人们穿上暖和的衣裳。

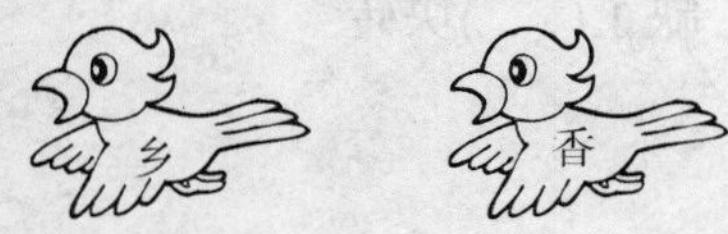

5. 贝贝的家(　　)在海边。
6. 微风吹来，我闻到了一阵(　　)气。

周周好积累

谜　语

小飞机，纱翅膀，飞来飞去灭虫忙，
低飞雨，高飞晴，气象预报它内行。　（打一昆虫）　（谜底：蜻蜓）

第31周

数学

图形的拼组

一、把说得对的小动物的○涂成红色。

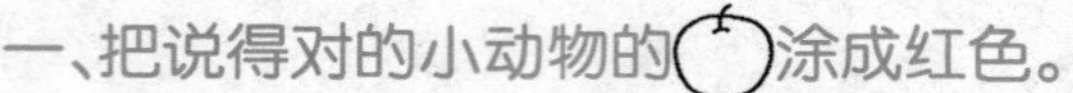

正方形的4条边都相等。
用同样长的小棒摆两个三角形，最少要6根。

4个同样的小正方形可以拼成一个大正方形。
一个长方形不能剪成4个同样的三角形。

二、帮我找找丢失的那部分。（连一连）

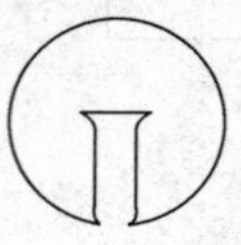 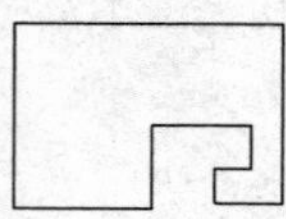 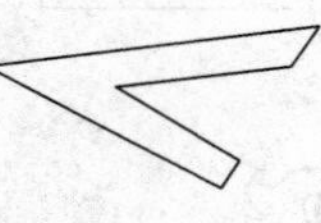 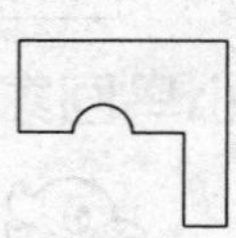

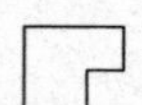 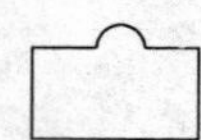  

三、缺了几块砖？

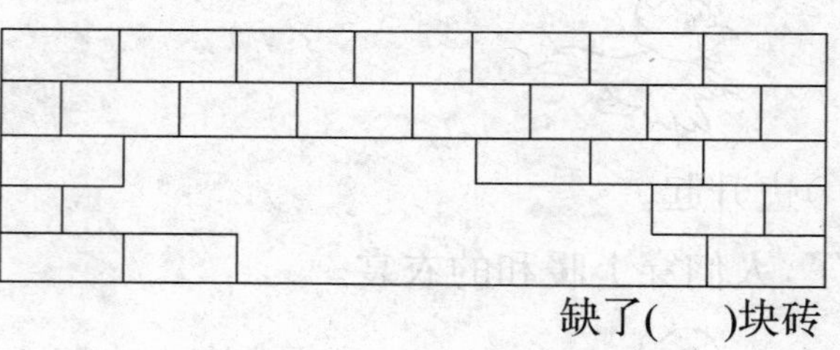

缺了(　　)块砖

你知道吗？　七巧板

七巧板是我国古代人民的一项卓越创造。它由七块几何图形板组成，正好可以拼成一个正方形。七巧板虽然只有非常简单的七块，但用它可以拼出许多图案。

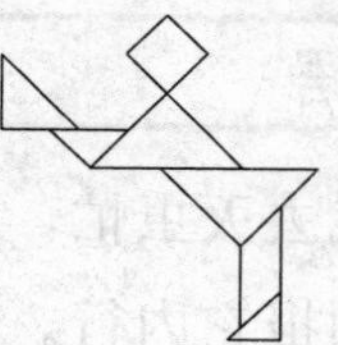 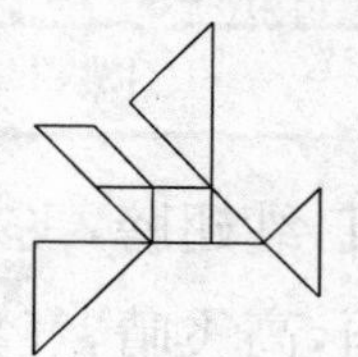 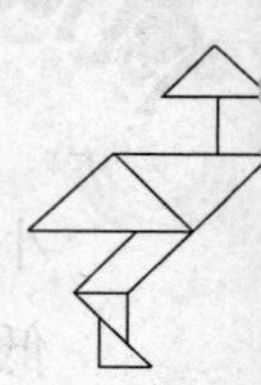

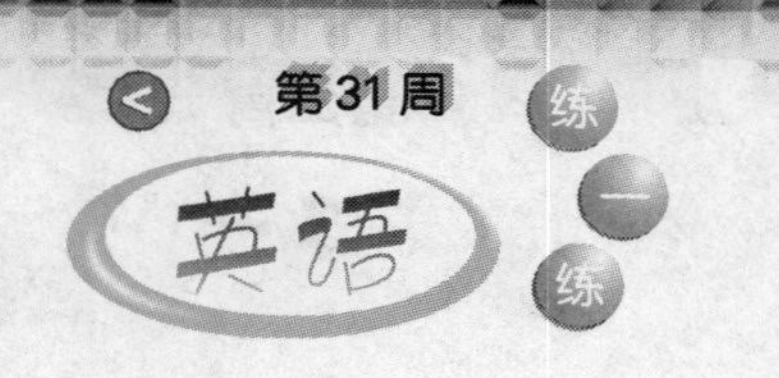

一、学一学，记一记。（26个字母按读音归类。）

二、将下列字母加上一笔，使它成为另一个字母。

1. O⟶____　2. c⟶____　3. P⟶____

4. V⟶____　5. N⟶____　6. F⟶____

7. b⟶____　8. I⟶____

奥林匹克标志（Olympic Symbol）

从奥运会复兴到现在，“更快！更高！更强！”成为体育运动爱好者的座右铭。近百年来，人们为此而在运动场上勇敢拼搏。这是顾拜旦的一位密友迪东（Henri Martin Didon）于1895年提出的，1913年获国际奥委会批准，1920年成为奥林匹克标志的一部分。

奥林匹克标志由五个奥林匹克环组成，五环的颜色规定为蓝、黄、黑、绿、红，环从左到右互相套接，上面是蓝、黑、红环，下面是黄、绿环。《奥林匹克宪章》规定：“奥林匹克五环”是奥林匹克运动的象征，是国际奥委会的专用标志，未经国际奥委会许可，任何团体或个人不得将其用于广告或其他商业性活动。会旗和五个环的含义是：象征五大洲的团结，全世界的运动员以公正、坦率的比赛方式，本着“友谊第一，比赛第二”的原则，在奥运会上相聚一堂。

第32周

语文 近义词

一、词语朋友手牵手。(找近义词)

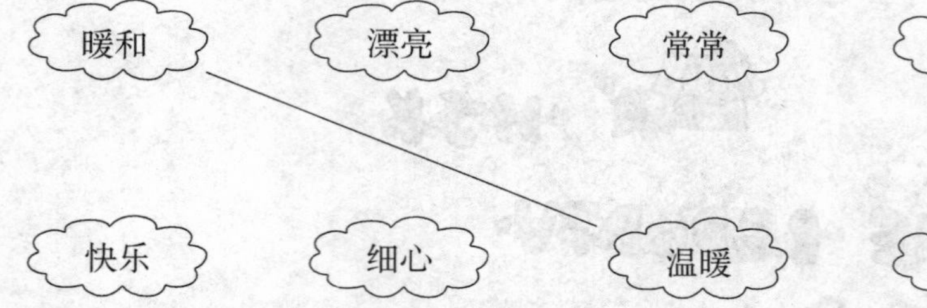

二、照样子,写出下面词语的近义词。

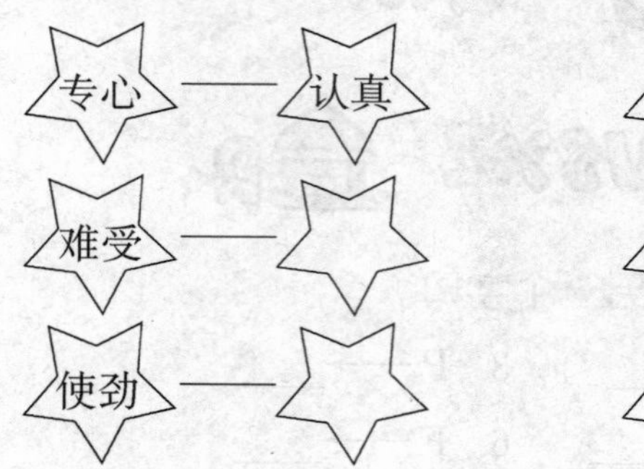

三、小雨点会落在哪片荷叶上?

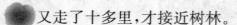

1. ____又走了十多里,才接近树林。

2. 雨下得这么大,他____不会来了。

3. 人活着应该有所____求。

4. 我这次考试终于____上强强了。

周周好积累

格 言

花有重开日,人无再少年。

黑发不知勤学早,白首方悔读书迟。

一日之计在于晨,一年之计在于春。

少壮不努力,老大徒伤悲。

100以内数的认识

一、送小动物上火车。(连一连)

六十三前面一个数。

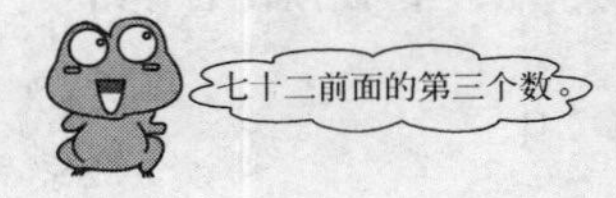

七十二前面的第三个数。

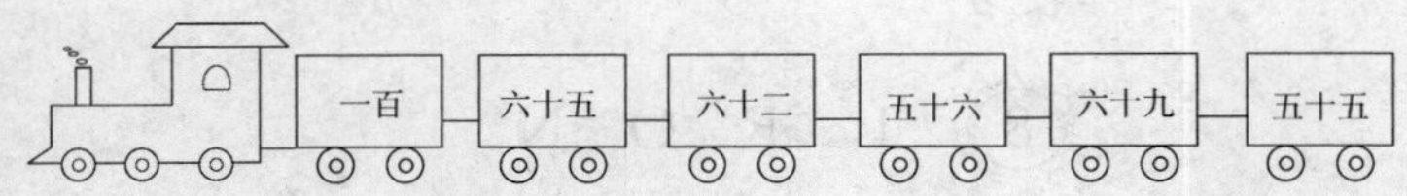

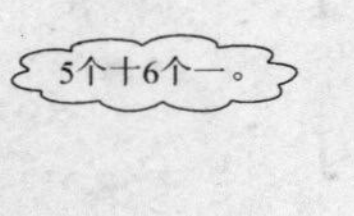

5个十6个一。

五十四后面一个数。

6个十5个一。

二、写数。

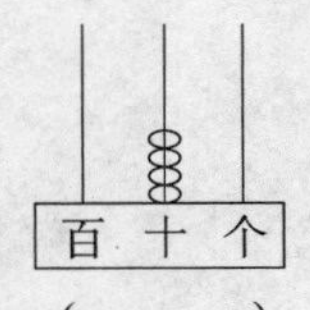

(　　)

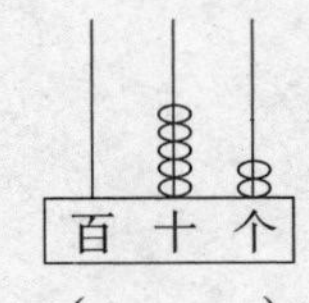

(　　)

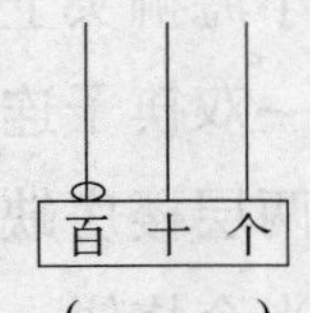

(　　)

三、小狗分骨头。

50　54　64　51　34　52

94　14　59　58　56　24

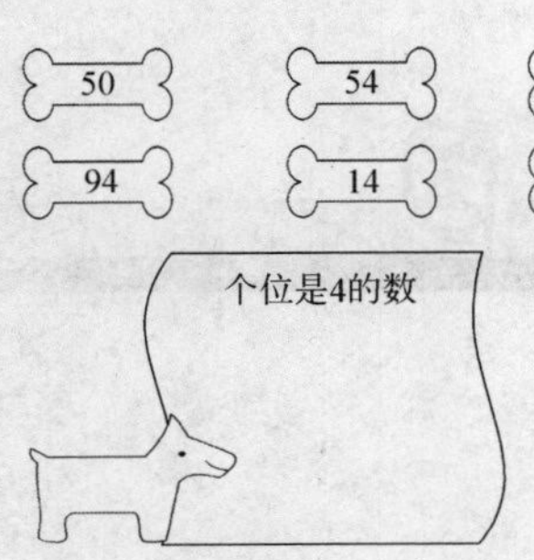

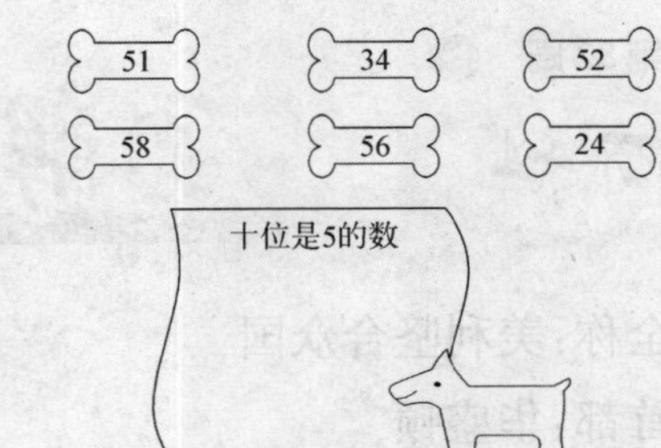

数学小游戏

太阳落山晚霞红，一群鸭子闹哄哄；
我拿竹竿赶回笼，一半鸭子进笼中；
剩下 8 只围住我，共有多少要进笼？

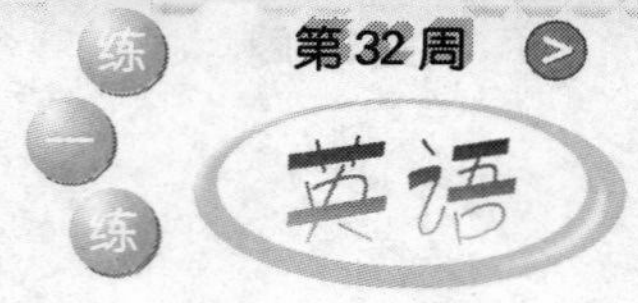

26个字母的读音归类及其他(2)

一、圈出不含相同音素(读音)的那个词。

① b d p q
② i j k h
③ o c e g
④ y x s z
⑤ w u q a
⑥ f t m n
⑦ v b r c
⑧ L F O N
⑨ G R E T
⑩ A K Y J

二、根据汉语提示写字母。

(　　)1. 小海狮头上顶个球。
(　　)2. 一双筷子连根线。
(　　)3. 两层楼房缺堵墙。
(　　)4. 半个烧饼。

了解美国

美国的全称:美利坚合众国
美国的首都:华盛顿
美国的国旗:星条旗
美国的国花:玫瑰
美国的绰号:山姆大叔
美国的货币:美元

造句

一、句子模仿秀。

例：啊，多美的夏夜呀！

1. ________________________________呀！

例：妈妈，你怎么啦？

2. ________________________________啦？

例：爸爸正在上班呢！

3. ________________________________呢！

二、看图用词语写句子。

1. ________________又大又红________________。

2. ________________慢慢地________________。

3. ________________快活地________________。

三、巧嘴巴，会说话。

1. ……像……________________________________

2. 有的……有的……________________________________

3. 热闹……________________________________

4. ……从……________________________________

周周好积累

关于读书的名人名言

读万卷书，行万里路。——顾炎武

读书有三到，心到，眼到，口到。——朱熹

学而时习之，不亦乐乎！——孔子

第33周

数学 100以内数的大小比较

一、在○里填上“＞”、“＜”或“＝”。

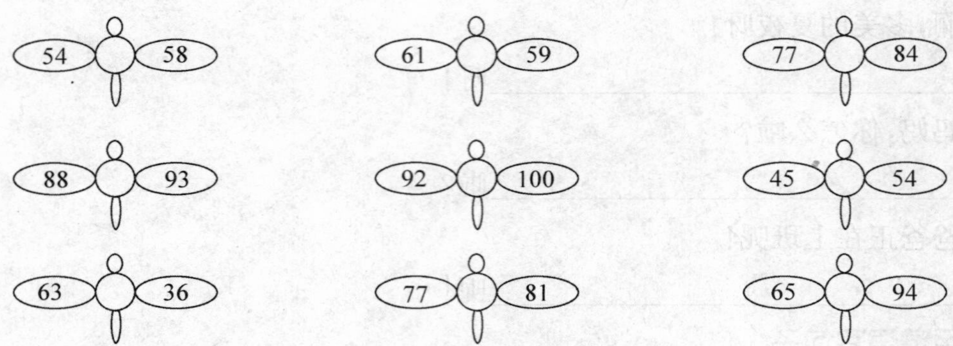

54○58　61○59　77○84

88○93　92○100　45○54

63○36　77○81　65○94

二、帮小熊画秋天。

秋天来啦！苹果树上结满了果子，将大于70的果子涂成红色，小于70的果子涂成绿色。

三、猜一猜。

二(2)班比二(1)班收集的多一些。
二(1)班收集了38个。

二(2)班可能收集了多少个？（画“√”）

43个	83个	17个

你知道吗？

期末考试后，小亮回家说：“这回两门考了100分。”爸爸、妈妈听后很高兴，小亮接着说，“是两门加起来100分。”爸爸听了扬手就要打，妈妈劝住说，“语文就算得40分，数学总该60分吧，总有一门及格嘛！”

小亮委屈地说：“妈，不是那样的算法！语文是10分，数学0分，加在一块不正好是100分吗？”

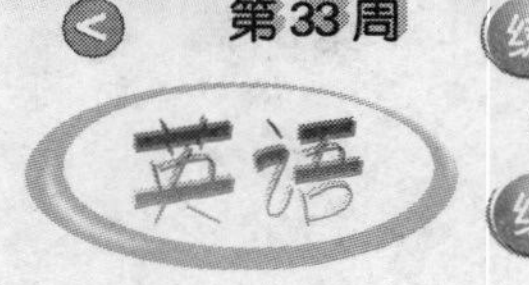

第33周 练一练

动物园里真热闹（5）

一、学一学，说一说。

狐狸 fox 真狡猾。

长颈鹿 giraffe 衣裳花。

蜜蜂 bee 采花忙。

蚂蚁 ant 想吃糖。

二、认一认，连一连。（将中文与英文匹配。）

giraffe	蚂蚁
ant	鱼
tiger	老虎
fish	长颈鹿
bee	蜜蜂
fox	狐狸

第33周 玩一玩

外国名城雅称集锦（1）

伦敦：雾都　　伯尔尼：钟表城

华盛顿：雪城　　卢莎卡：铜城

威尼斯：水城　　利马：干旱城

惠灵顿：风城

第34周

补充句子

一、我是小法官。(给完整的句子打"√",不完整的打"×")

1. 2010年的世博会在上海举行。 ( )
2. 青海玉树大地震。 ( )
3. 快乐地跑来跑去。 ( )
4. 春天到了,花儿张开了笑脸。 ( )

二、精彩对白。

1. 妈妈在______________________________。
2. 学校里有______________________________。
3. ______________________________真精彩。
4. ______________________________是真的吗?
5. ______________________________真美啊!

三、照样子,把括号里的词放进句中合适的位置。

例:同学们做作业。(认真地)

同学们认真地做作业。

1. 小猴子跳来跳去。(在树上 顽皮的)

____

2. 小明学电脑。(认真地 在学校)

____

3. 雪花落下来。(纷纷扬扬地)

____

清 明

(唐)杜牧

清明时节雨纷纷,路上行人欲断魂。

借问酒家何处有,牧童遥指杏花村。

整十数加一位数和相应的减法

一、小鱼吐泡泡。

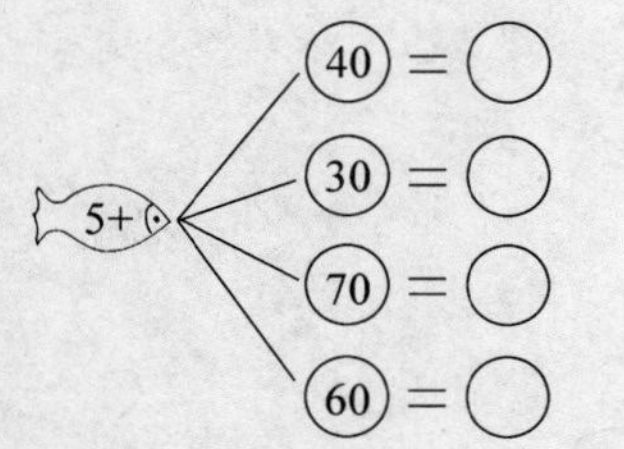

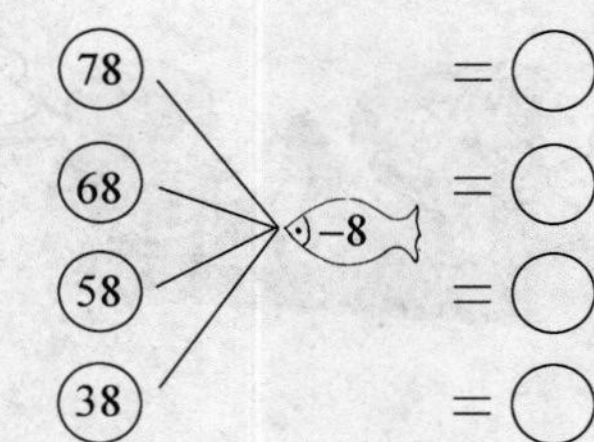

二、按得数从小到大的顺序给小鸭们排排队。

○<○<○<○<○<○

三、做花。

我们组做了34朵花。
一组

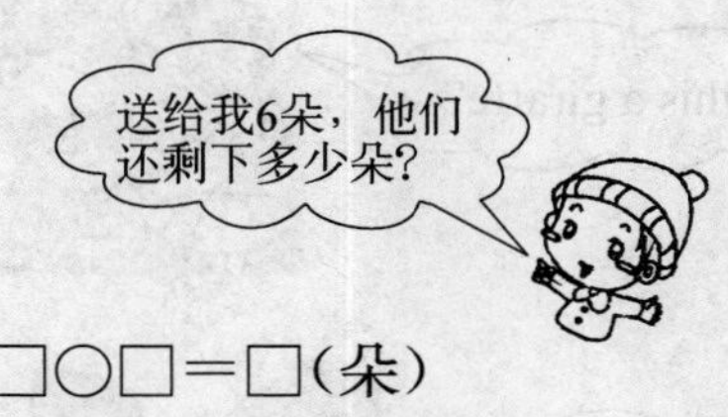

送给我6朵，他们还剩下多少朵？

□○□=□(朵)

数学小游戏

小朋友，出门口，
排成一队向前走。
一人走在两人前，
一人走在两人后，
一人走在两人中，
共有几个小朋友？

练一练 第34周

询问物品及其回答（2）

学一学，答一答，选一选。

Is this a monkey?
这是猴子吗？

Yes,it is.
是的，它是。

Is this a mouse?
这是老鼠吗？

No,it isn't.
不，它不是。
It's a rabbit.
它是只兔子。

(　　)1. Is this a bee?

(　　)2. Is this a giraffe?

(　　)3. Is this a panda?

A. Yes, it is.　B. No, it isn't. It's a pig.　C. No, it isn't. It's a bear(熊).

玩一玩 第34周

外国名城雅称集锦（2）

墨西哥城：壁画城　　耶路撒冷：圣城

雅典：茉莉花城　　纽约：大苹果城

问 句

一、花落谁家。

1. 他是你的朋友（ ）？ 2. 你要到哪里去（ ）？

3. 你要去上海看世博会（ ）？

二、句子模仿秀。

例：你是从哪里来的？

1. ________从________？

例：你今天怎么没上学呢？

2. ________怎么________？

例：这里装着什么？

3. ________________什么？

三、巧问妙答。

什么床不能睡？________不能睡。

什么河不流水？________不流水。

什么球不能玩？________不能玩。

什么花不能采？________不能采。

谚 语

人心齐，泰山移。

一根筷子容易折，一把筷子难折断。

一花独放不是春，百花齐放春满园。

人多计谋广，柴多火焰高。

第35周

数学 认识人民币

一、这些钱该存进哪个储蓄罐里？（连一连）

5元

100元

1元

20元

二、我帮妈妈换零钱。

1. [5元] 可以换________张 [2元] 和________张 [1元]。

2. [1元] 可以换________张 [1角]。

3. [50元] 可以换________张 [10元]。

三、小蜻蜓会停在哪朵花上？

元

角

分

一枝钢笔
8 （ ）。

一件上衣要
92 （ ）。

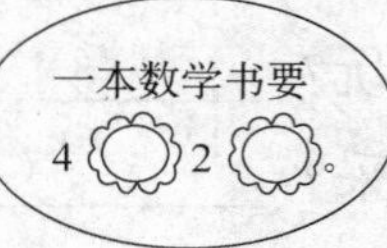
一本数学书要
4 （ ） 2 （ ）。

你知道吗？ 人民币中的学问

你知道为什么人民币中只有1、2、5这三种面值，为什么没有其他面值吗？

因为在1～9中，用1、2、5三个数，可以组成3、4、5、7、8、9。比如：3＝1＋2，4＝1＋1＋2，6＝1＋5，7＝2＋5，8＝2＋5＋1，9＝5＋2＋2。只要有1、2、5三种面值的人民币，就可以满足人们的需要了。

26个字母的书写（2）

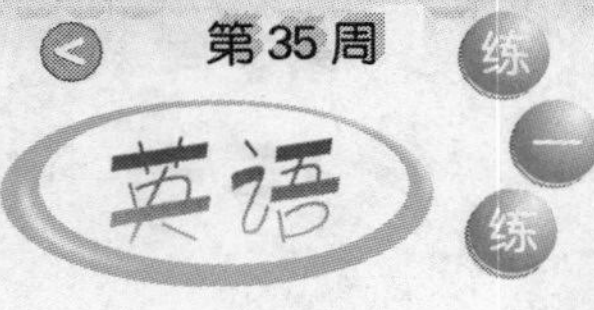

一、说顺口溜，背书写规律。

英语字母大小写，初学书写要规范；
大写一律上两格，原则顶住第一线；
小写有头上两格，b、d、h、k 和 l；
有尾下面占两格，g、q、p、y 莫写错；
无头无尾中间格，十三字母无漏写；
a、c、e、m、n、o、r、s、u、v、w、x、z 在中间；
i、t 中上一格半，还有 f、j 三格占；
所有字母略右斜，笔顺笔画须记清；
始学养成好习惯，大小宽窄要协调。

二、仿照范例写一写。

1. *A B C D E F G H I J K L M N*
   O P Q R S T U V W X Y Z
2. *abcdefghijklmnopqrstuvwxyz*
3. *b d h k l*
4. *g q y p*
5. *a c e m n o r s u v w x z*
6. *f j*
7. *i t*

China的由来

早在 1500 多年前，在印度语中，从中国秦代的“秦”字得来的“chin”已经被印度人广泛使用，以用来称呼中国。后来，许多葡萄牙人在印度建立了商业基地后，开始向中国南部推进。自然，葡萄牙人也就从当地的印度商人那里学会了用“chin”这个词来指中国，并把它带回欧洲，变成了“China”。

学一学
第36周
语文
口语交际·发表见解

一、巧嘴巴，会说话。

1. 很多地方乱砍滥伐的情况非常严重，针对这一问题，你有什么好的想法呢？

2. 在"五一"劳动节里，你做过哪些有意义的事情？跟大家说一说。

3. 下课时，兰兰和玲玲把橡皮筋系在小树上跳绳。当你看到后，你有什么想法？

4. "六·一"儿童节快到了，同学们都忙着排演节目，李刚也非常想参加，但是他平时很喜欢欺负其他同学，同学们都不愿意让他一起排演。针对这个问题，你想说些什么？

二、你觉得我们应该怎样保护周围的环境？快向大家提提建议吧。

谜　语

颜色白如雪，身子硬如铁，
一日洗三遍，夜晚柜中歇。

（打一生活用品）　　（谜底：碗）

人民币的简单计算

一、帮帮小熊。

二、帮帮小猴。

快餐店
荤的8元,素的5元。
买一盒荤的和一盒素的一共多少钱?

三、买文具。

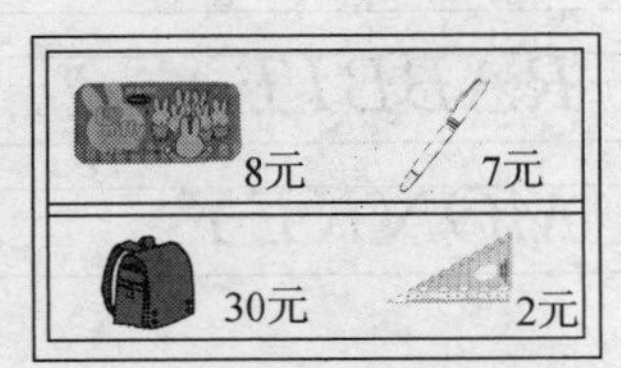

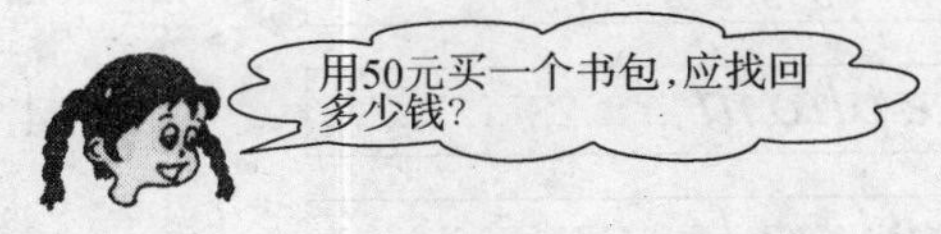

用50元买一个书包,应找回多少钱?

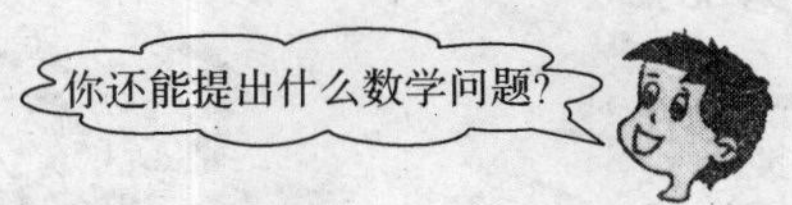

你还能提出什么数学问题?

你知道吗?

在很早以前,世界各地的人们曾用石子、贝壳和金属作为货币。我们中国的货币是金和银。因为这些材料太沉,携带不方便,后来才改为现在的纸币。

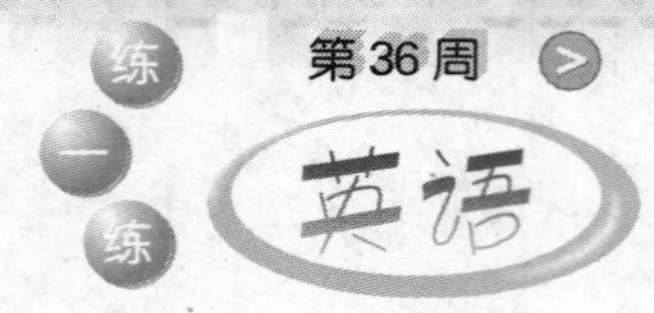

练一练 第36周 英语

26个字母的读音归类及其他(3)

一、将26个字母按照元音字母的读音归类。

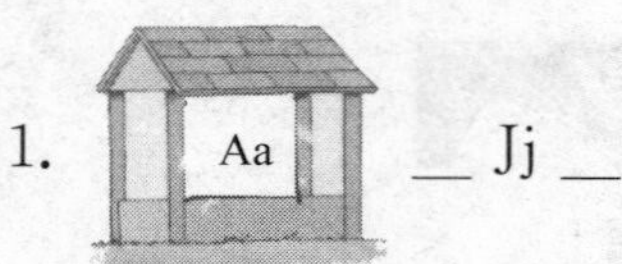

1. Aa __ Jj __

5. Uu __ __

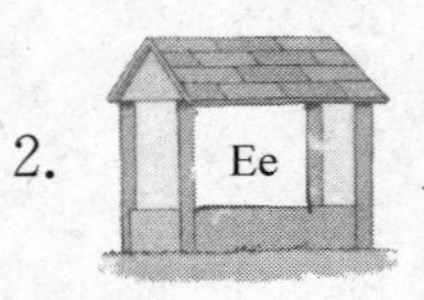

2. Ee __ __ Dd __ Tt __

6. Rr Rr

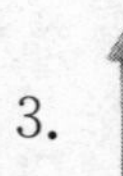

3. Ii __

7. Uu Ff __ __ __ Ss __ Zz

4. Oo

二、写出下列单词的大写或小写形式。

1. *giraffe*
2. *DUCK*
3. *elephant*
4. *RABBIT*
5. *squirrel*
6. *MONKEY*

玩一玩 第36周 百科

自行车与字母

同学们，不知你们注意到没有，每辆自行车上都标有字母和阿拉伯数字，你们知道它们的含义吗？

第一个字母代表着自行车的种类："P"代表普通型，"Q"代表轻便型，"T"代表特种型，"S"代表赛车型，"Y"代表运动型等。第二个字母表示自行车的车架和车轮直径两项内容。A(大)，E(中)，M(小)等为男式，B(大)，F(中)，N(小)为女式。例如永久牌自行车PB505型表示：普通车，女式，工厂序号为505。

知道了吧！下次选购自行车的时候，一定要多观察哟！

排图序后写话

一、仔细看图，按事情发生的先后顺序给图排队，再写一段话。

(　　)　(　　)　(　　)　(　　)

二、按照季节特点，标出图画所画的季节，再写几句话。

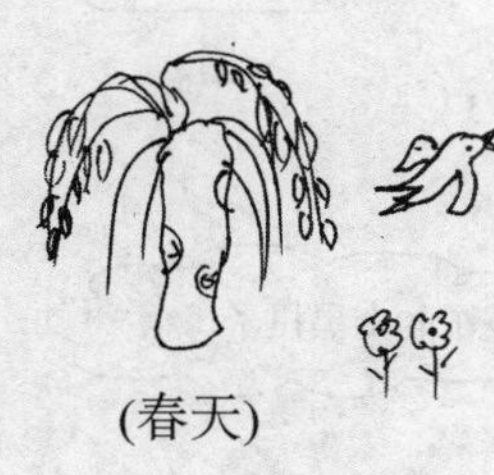

(春天)

(　　　)

(　　)

周周好积累

《弟子规》(节选)

- 父母呼　应勿缓　父母命　行勿懒
  父母教　须敬听　父母责　须顺承
- 兄道友　弟道恭　兄弟睦　孝在中
  财物轻　怨何生　言语忍　忿自泯

第37周

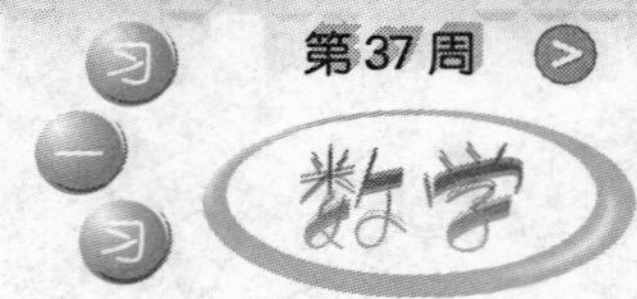

两位数加一位数和整十数

一、竹子长高啦！

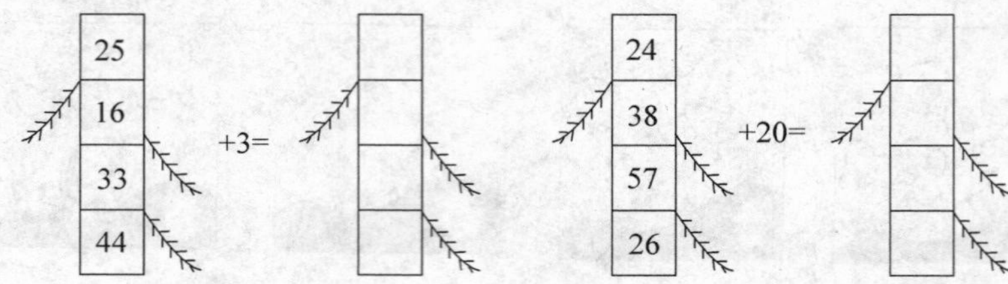

二、冰糖葫芦。

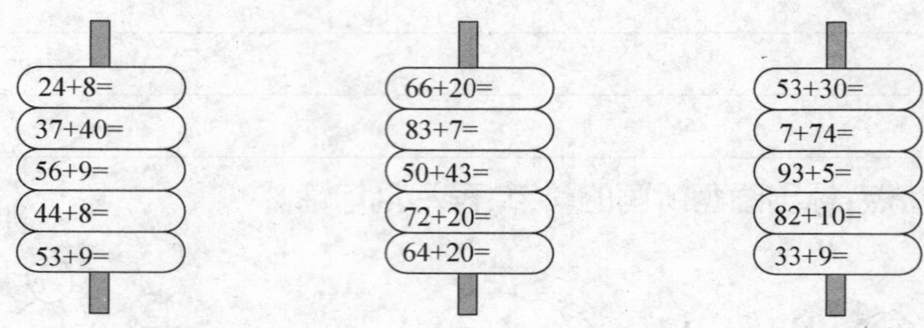

三、下棋。

下了43个白棋子。
下了40个黑棋子。

棋盘上一共有多少个棋子？

□○□=□(个)

数学小游戏

小熊要回家，只有得数为20的路口才能通过，它应该怎么走？你能帮它画出路线吗？

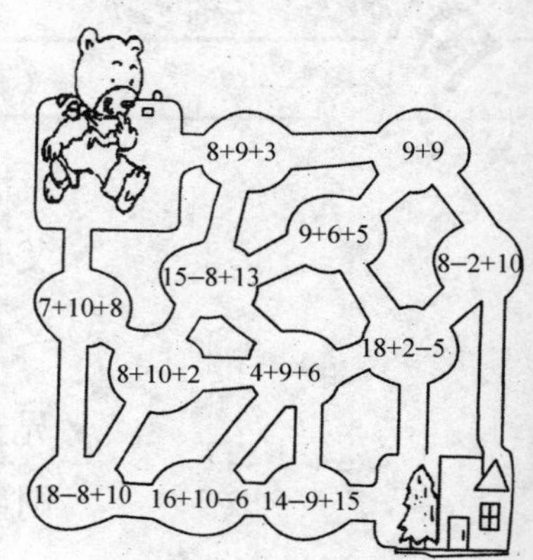

第37周 练一练

认读学习用品类的词汇（1）

一、说顺口溜，学英语。

学习用品 bag 装，bag bag 书包；
各种知识 book 藏，book book 书；
pencil-case 装铅笔，pencil-case pencil-case 铅笔盒；
sharpener 削笔忙，sharpener 卷笔刀。

二、认一认，连一连。

book

sharpener

bag

pencil-case

第37周 玩一玩

有趣的动物节

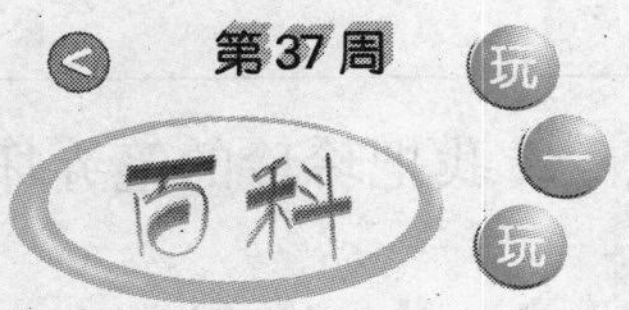

一说到节日，我想同学们一定可以说出好多好多来，可你们是否知道有一些国家和地区的人们每年都要过许多动物节？下面就给大家介绍两个吧：

乌鸦节

尼泊尔人（Nepalese）在每年秋季第一个月的 10 日要将炒米、饼干等食品放在自家清理干净的屋顶上，等待乌鸦来“享用”。

猴子节

在印度尼西亚（Indonesia）加里曼丹岛北部地区，人们在每年的 5 月 17 日这一天，都要进山给猴子送食物，并请乐队进山为猴子们演奏乐曲。

第38周

“把”字句与“被”字句

一、句子模仿秀。

例：爸爸叫我起床。

我被爸爸叫起床。

1. 我吃了一个又大又红的苹果。

______

2. 我的作业全部做完了。

______

3. 小白兔采了一篮子蘑菇回家。

______

二、给句子换个说法。

例：我把衣服穿好了。

衣服被我穿好了。

1. 小刚把老爷爷送回了家。

______

2. 我把玲玲的笔弄坏了。

______

例：明明被刚刚弄哭了。

刚刚把明明弄哭了。

3. 这道题被我算出来了。

______

4. 田里的害虫被青蛙吃了。

______

游子吟

孟郊

慈母手中线，游子身上衣。

临行密密缝，意恐迟迟归。

谁言寸草心，报得三春晖？

两位数减一位数和整十数

一、小刺猬要吃哪个果子？请涂上红色。

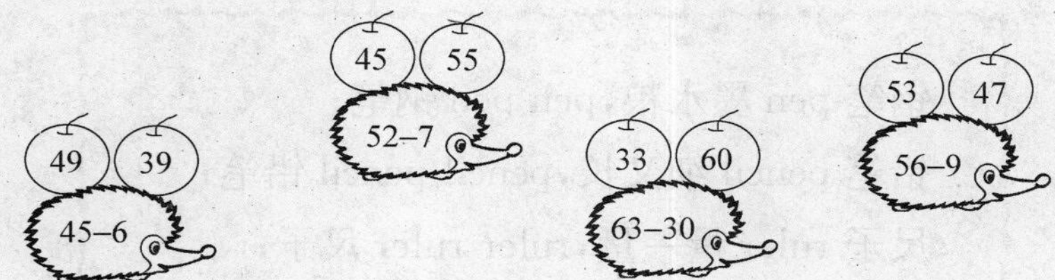

二、帮小动物们找雨伞。（连一连）

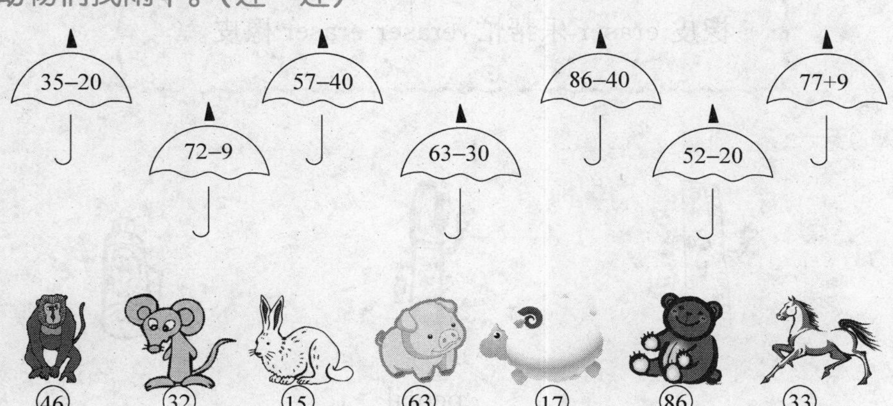

三、踢毽子。

女孩子比男孩子多踢多少下？□○□＝□（下）

你知道吗？

同学们，你们知道一个星期有几天吗？一个星期有 7 天，从星期一开始一直到星期日，过了这 7 天，就是下一个星期。用星期来计算天数已经成为一种习惯，现在，全世界的国家都使用一星期 7 天的制度。

练一练　第38周

认读学习用品类的词汇（2）

一、说顺口溜，学英语。

钢笔 pen 墨水粮，pen pen 钢笔；
铅笔 pencil 细又长，pencil pencil 铅笔；
尺子 ruler 量一量，ruler ruler 尺子；
蜡笔 crayon 有花样，crayon crayon 蜡笔；
橡皮 eraser 乐帮忙，eraser eraser 橡皮。

二、认一认，连一连。

pencil

crayon

ruler

pen

eraser

玩一玩　第38周

谜语（Riddle）

第一个字母在 DUCK 和 BIRD 里，
第二个字母在 COCK 和 HORSE 里，
第三个字母在 BAG 和 GOOD 里。
它是谁？

（打一动物名词）

（谜底：狗 dog）

反义词

语文

一、小鱼快快游。

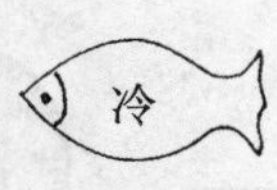

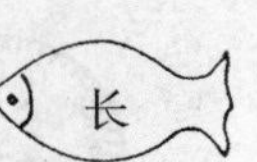

1. 这件衣服我穿太______了，给哥哥穿太______小。
2. 天气真______，爸爸站在空调前吹______风。
3. 我______面坐的是小红，______面坐的是小丽。
4. 你走得这么______，能不能______一点？我都快跟不上了。

二、看图写出意思相反的词。

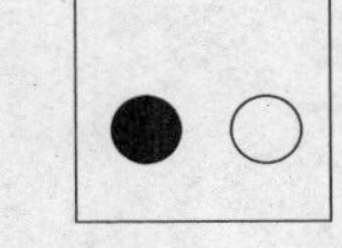

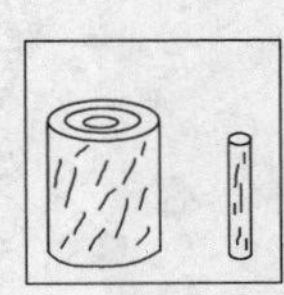

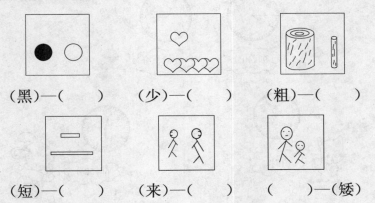

(黑)—(　　)　(少)—(　　)　(粗)—(　　)

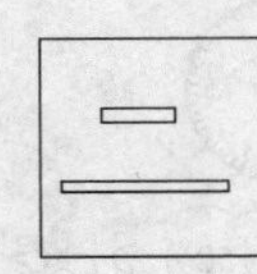

(短)—(　　)　(来)—(　　)　(　　)—(矮)

三、找出反义词，填一填。

1. 太阳大，地球小，地球绕着太阳跑。　(　　)—(　　)
2. 我来到爷爷家，爷爷却出去了。　(　　)—(　　)
3. 虚心使人进步，骄傲使人落后。　(　　)—(　　)

周周好积累

带反义词的成语

争先恐后　异口同声　翻天覆地　左顾右盼

横七竖八　里应外合　舍近求远　取长补短

七上八下　声东击西　三长两短　来来往往

第39周

数学 认识时间

一、认一认，写一写。

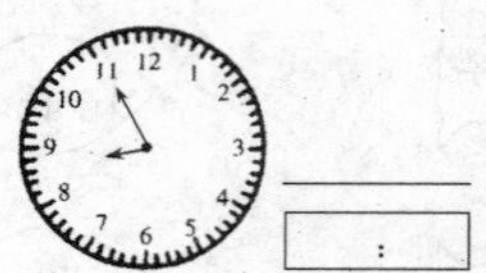 ______ [:]

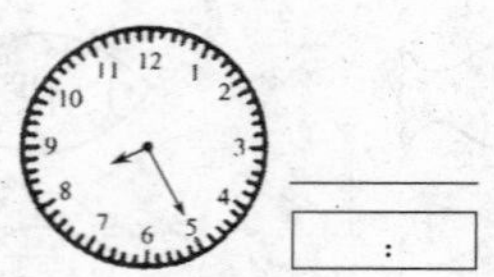 ______ [:]

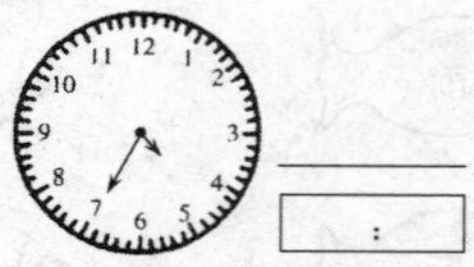 ______ [:]

二、帮小狗画分针。

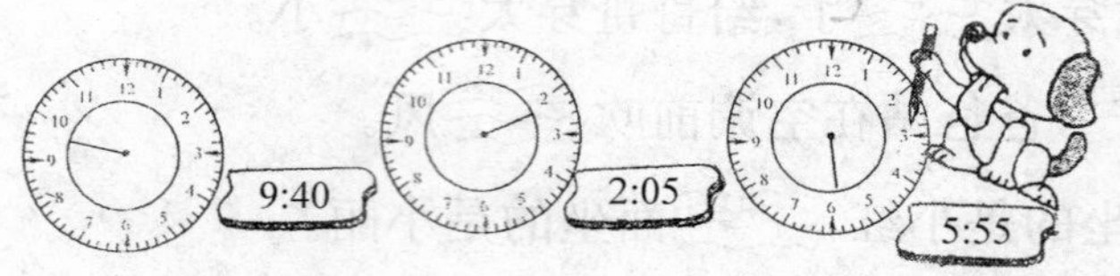

三、小动物报的时对吗？对的奖它一颗“☆”，不对的改正过来。

你知道吗？ “10时10分”意味着什么

如果你仔细留意一下西方印刷品上的手表广告，就会发现一个奇特的现象，不管什么品牌的手表，广告中手表上的指针差不多都定在10时10分的位置上。在强调“独特性”的当今商业世界，手表广告为何会出现如此高度的“统一”呢？

美国华盛顿某广告公司总经理迈克·卡尔伯里说：“它意味着热烈的包容的情绪，就像一个人张开双臂。它是象征胜利的‘V’字。”

做钟表生意和钟表广告的商家对此还有各种各样的解释：它看起来更像一张快乐的脸；它有“积极向上”的意思；它是模仿驾驶员手握方向盘的恰当姿势……

介绍物品

学一学,说一说,选一选。

This is a pencil.
这是一枝铅笔。

That's a ruler.
那是一把尺子。

1.(　　)　　2.(　　)

3.(　　)　　4.(　　)

A. This is a giraffe.
B. That's a rabbit.
C. This is a pen.
D. That's a duck.

美国之最(1)

美国是一个十分重要的说英语的国家,现在让我们欣赏一些她的美丽风景吧!

美国最大的城市——纽约市　　美国最大的金融中心——华尔街

美国最古老的大学——哈佛大学　　美国最长的河流——密西西比河

第40周

语文

字母表

一、星星朋友手牵手。

二、我会写。

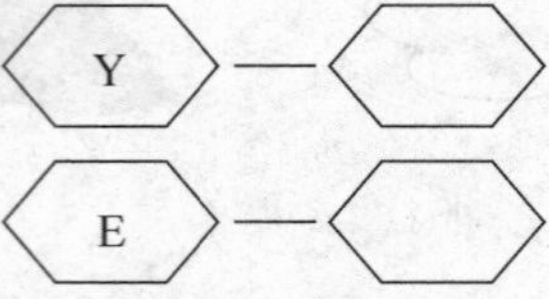

三、按顺序写出相应的字母，蝴蝶就能飞回家了。

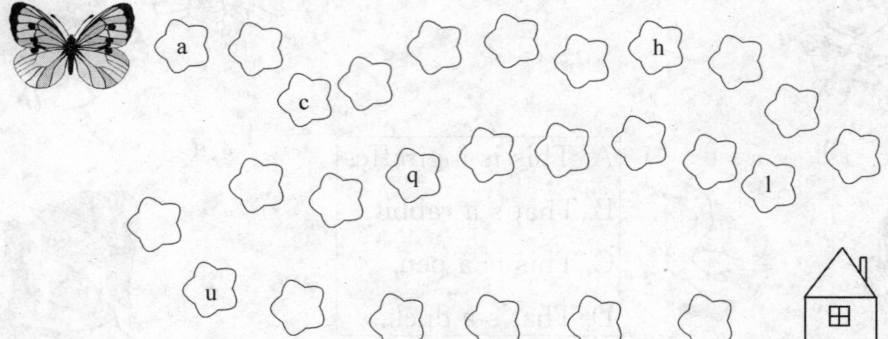

夏日绝句

宋·李清照

生当作人杰，死亦为鬼雄。

至今思项羽，不肯过江东。

找规律

一、小鱼吐泡泡。

二、四只小动物各自穿了一串项链，看看这几串项链分别是谁穿的？用线连起来。

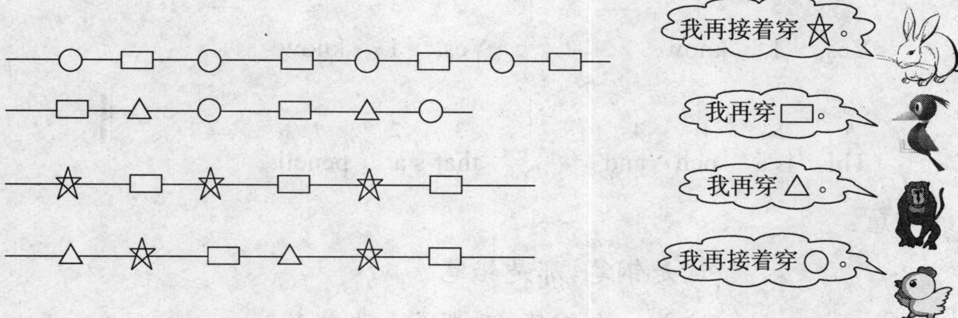

三、涂出有规律的颜色。

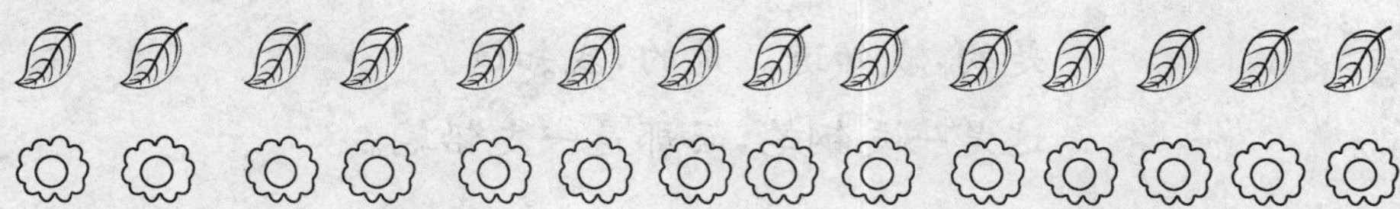

数学小游戏

走哪条路线，才能使各数相加的和等于100？用箭头把前进的路线标出来。

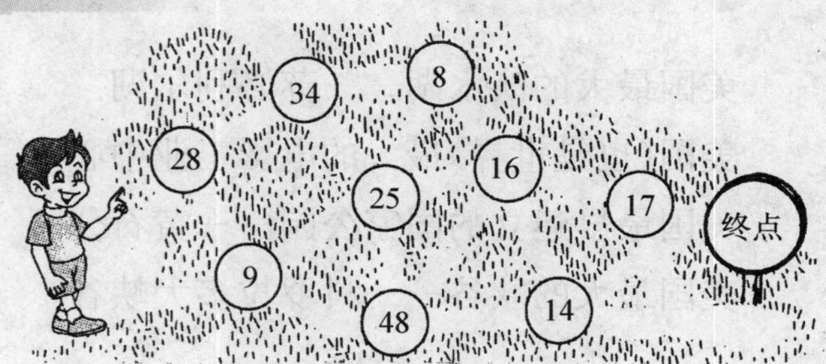

练一练 第40周

学唱英文歌（4）

学一学，唱一唱。

This is a pen and that's a pencil

1=G $\frac{4}{4}$

1	1	5	5	6	6	5	—
This	is a	pen	and	that's a		pencil.	
4	4	3	3	2	2	1	—
This	is a	pen	and	that's a		pencil.	
5	5	4	—	3	3	2	—
Yes,	I	know.		Yes,	I	know.	
5	5	4	4	3	2	1	—
This	is a	pen	and	that's a		pencil.	

歌词大意：

这是钢笔，那是铅笔

这是一支钢笔，而那是一支铅笔。

这是一支钢笔，而那是一支铅笔。

是的，我知道。是的，我知道。

这是一支钢笔，而那是一支铅笔。

玩一玩 第40周

美国之最（2）

美国最大的淡水湖——苏必利尔湖

美国（也是世界）最大的电影工业中心——好莱坞

美国最早建立的国家公园——黄石公园

美国最大的峡谷——科罗拉多大峡谷

查字典

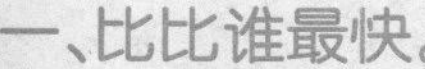

一、比比谁最快。

1. 看谁先从字典里找到这几页。

38 ( ) 95 ( ) 202 ( ) 317 ( ) 165 ( )

371 ( ) 62 ( ) 395 ( ) 286 ( )

2. 看谁先从字典里查出下面的字。

朋(péng) ( ) 复(fù) ( ) 细(xì) ( ) 出(chū) ( ) 照(zhào) ( )

政(zhèng) ( ) 级(jí) ( ) 官(guān) ( ) 围(wéi) ( ) 笑(xiào) ( )

找到后奖给自己一个大“ ”。
找到后将页数写在括号里。

二、我会查字典。

要查的字	音 序	音 节	在字典中的位置(页码)
顽			
硬			
唱			
很			
群			

二十四节气歌

春雨惊春清谷天,夏满芒夏暑相连,
秋处露秋寒霜降,冬雪雪冬大小寒。
每月两节不变更,最多相差一两天,
上半年是六、廿一,下半年是八、廿三。

第41周

统 计

一、水果拼盘。

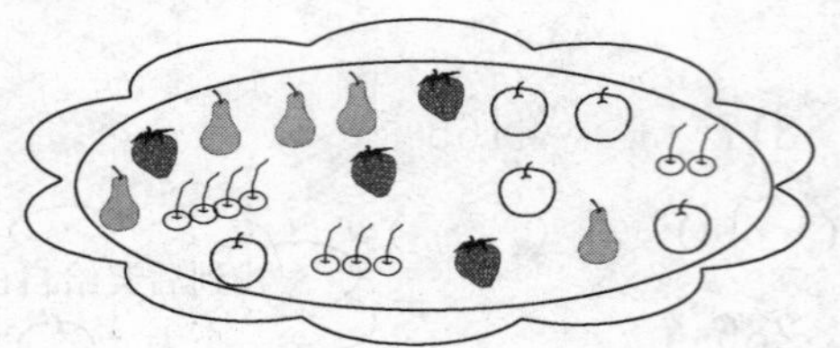

种类				
个数				

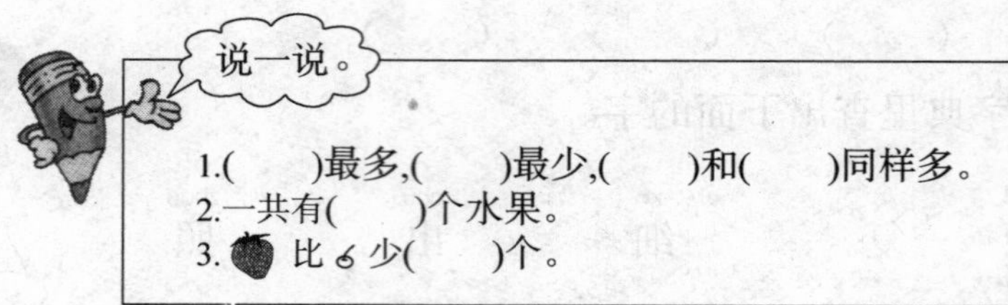

1.(　　)最多,(　　)最少,(　　)和(　　)同样多。
2.一共有(　　)个水果。
3. 比 少(　　)个。

二、下面是三位同学做题时各自做对的情况。

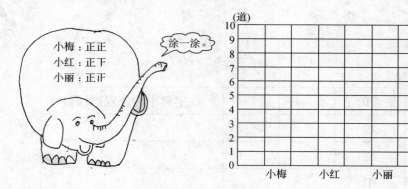

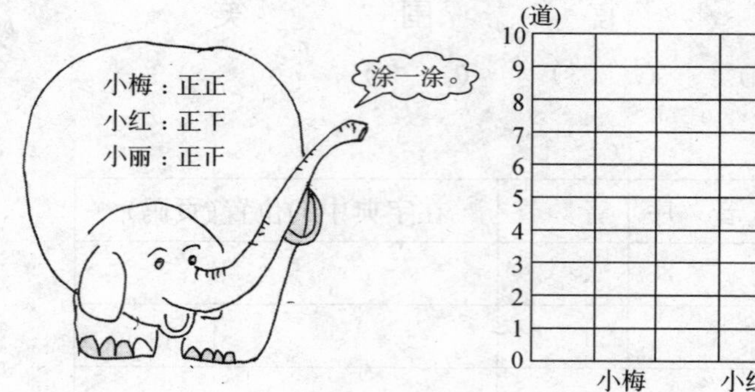

你知道吗？ 歇后语中的数学

歇后语中有不少与数学知识有关,请看下面的例子:

九盒加一盒——正适合(整十盒)这里用的是加法。

七窍通了六窍——一窍不通。这里用的是减法。

一口吞了二十五只小老鼠——百爪挠(náo)心。这里用的是乘法。

十八个铜钱两处放——久闻(文)久闻(文)。这里用的是除法。

认读身体部位类词汇（1）

一、认一认，学一学。

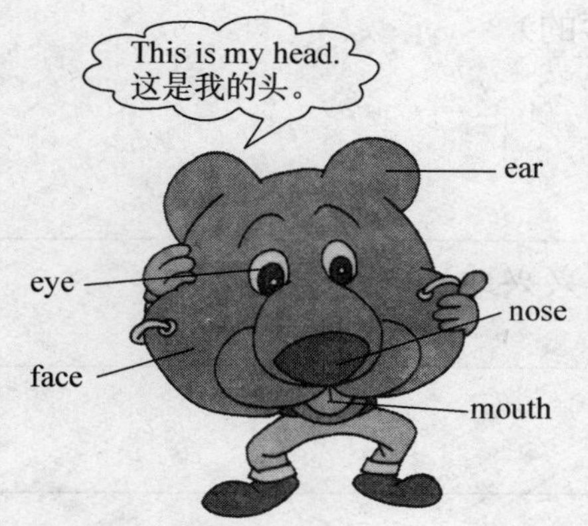

head 脑袋大又灵，
face 圆圆一张脸，
ears 耳朵长两边，
眼睛 eye(s)亮晶晶，
nose 鼻子在中间，
小嘴 mouth 真漂亮。

二、辨一辨，连一连。

eye　　ear　　nose　　face　　mouth

标志性的动物

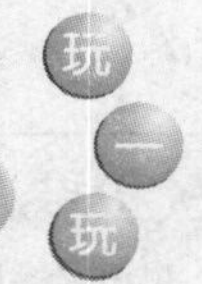

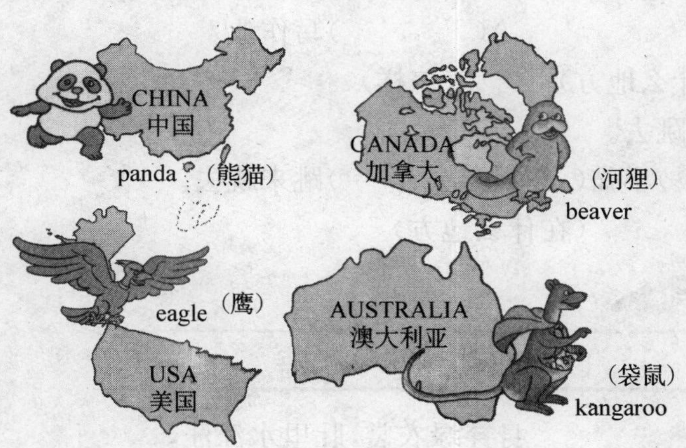

第42周 学一学 语文

扩句与缩句

一、照样子，把括号里的词放进句中合适的位置。

例：我家门前有一条小河。（弯弯的）

我家门前有一条弯弯的小河。

1. 小蚂蚁在搬家。（许多的）

2. 我们背着书包上学去。（高高兴兴地）

3. 汽车在飞快地行驶。（马路上）

二、缩写句子。

例：蓝蓝的天空飘着朵朵白云。

天空飘着白云。

1. 火红的太阳从东方升起来。

2. 一片片树叶从树上落下来。

3. 一架飞机在空中飞行。

三、按要求写句子。

1. 小明写作业。

小明（　　　　　　）（　　　　　）写作业。

（在什么地方）　　（怎样）

2. 小猫跳来跳去。

（　　　　　）小猫（　　　　　　）跳来跳去。

（什么样）　（在什么地方）

周周好积累

谜语

身穿绿衣裳，肚里水汪汪，

生的儿子多，个个黑脸膛。

（谜底：西瓜）

总复习(1)

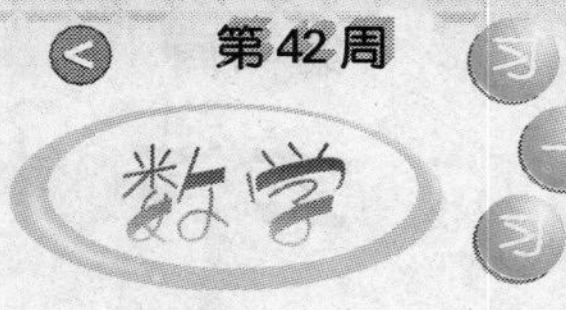

一、让知识花开得更鲜艳。

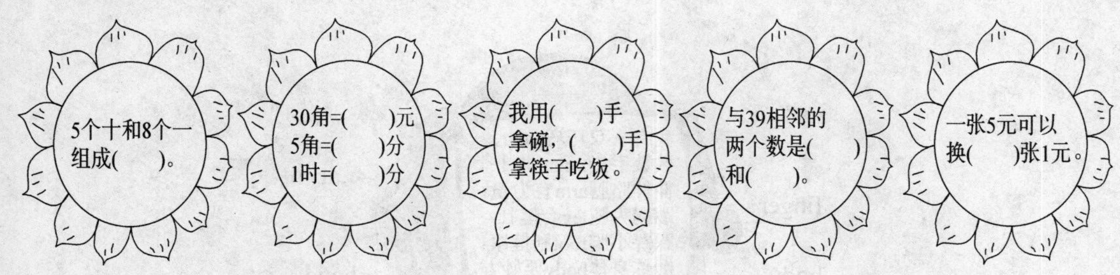

5个十和8个一组成(　　)。
30角=(　　)元
5角=(　　)分
1时=(　　)分
我用(　　)手拿碗，(　　)手拿筷子吃饭。
与39相邻的两个数是(　　)和(　　)。
一张5元可以换(　　)张1元。

二、算对了，铅笔就奖给你！

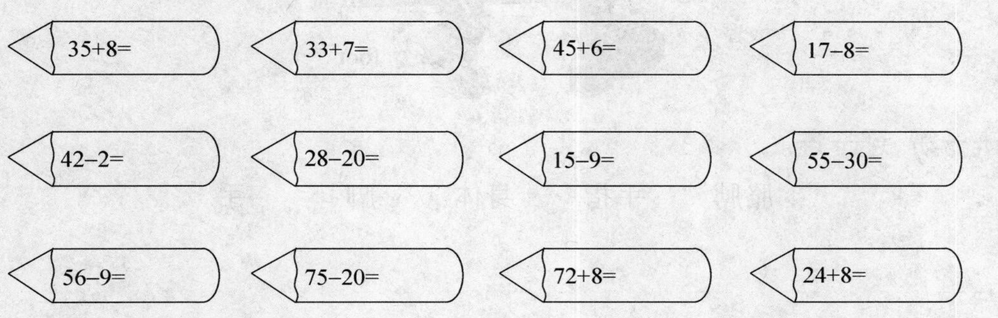

三、小鸟该在哪棵树上歇歇脚？

数学小游戏　切西瓜

爸爸问豆豆：“一个西瓜，切三刀最多可以切成几块？”

豆豆想了想说：“六块。”

爸爸摇摇头，他三刀把西瓜切成了八块。

同学们，拿个苹果或土豆试试，看豆豆的爸爸是怎样切的西瓜。

练一练 第42周

英语 认读身体部位类词汇（2）

一、认一认，学一学。

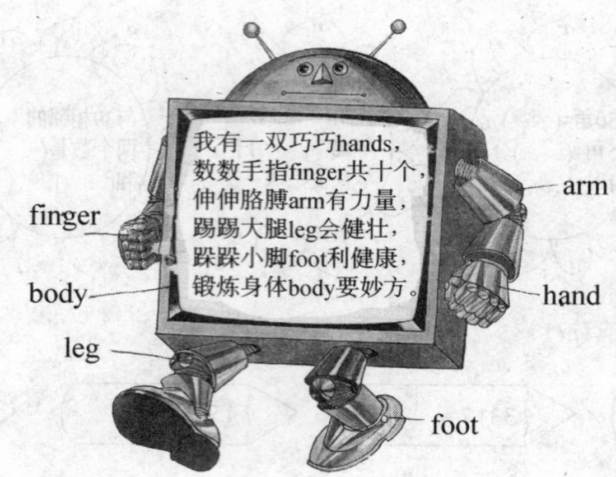

我有一双巧巧hands，
数数手指finger共十个，
伸伸胳膊arm有力量，
踢踢大腿leg会健壮，
跺跺小脚foot利健康，
锻炼身体body要妙方。
finger
body
leg
arm
hand
foot

二、辨一辨，连一连。

胳膊　　手指　　身体　　脚　　手

foot　　hand　　body　　arm　　finger

玩一玩 第42周

百科 中国十大名胜古迹（1）

万里长城

桂林山水

杭州西湖

北京故宫

看多幅图写话

一、看图写话。

提示：图上画的有谁？它看到了什么？它是怎么做的？

____

____

二、看图，发挥你的想象，再把句子补充完整。

1. 小熊来到小河边，看到______________________________，

心想______________________________。

2. 于是，小熊拿起画笔，先画______________________________，

再画______________，______________。

3. 小兔和小猫也来了，小熊说：______________________________，

小兔说：______________________________，

小猫说：______________________________。

4. 大家画好以后，______________________________

真开心！

周周好积累

小池

（宋）杨万里

泉眼无声惜细流，树阴照水爱晴柔。
小荷才露尖尖角，早有蜻蜓立上头。

总复习(2)

一、小鸟该在哪棵树上歇脚？连连看。

二、数一数。

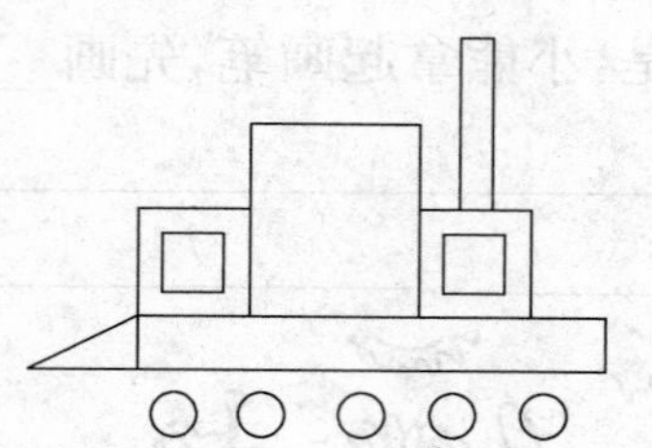

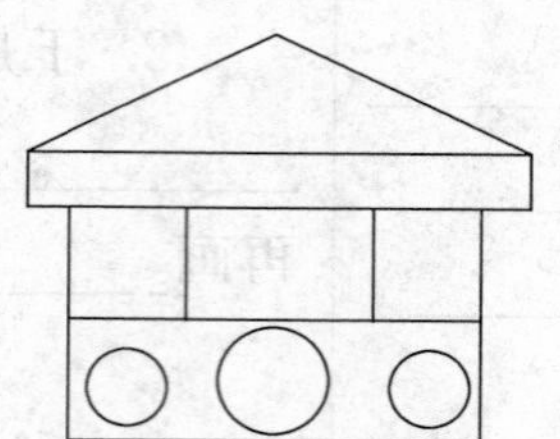

□	(　　)个
□	(　　)个
△	(　　)个
○	(　　)个

三、买鞋。

买这双鞋要花多少钱？

□○□=□(元)

你知道吗？　　树的年龄

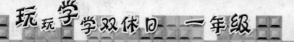

每棵树都是有年龄的，如果把树从中间锯开，在锯开的面上，你会发现有许多个圆圈，这些圆圈就叫“年轮”。一棵树有多少年轮，它就有多少岁。

认读祈使句"Show me..."和"Touch your..."

一、学一学,说一说。

1. 
This is my finger.
这是我的一个手指头。

2. 
Show me your mouth.
把嘴巴指给我看。

3. 
Touch your nose.
摸一摸你的鼻子。

二、认一认,连一连。

1. 

2. 

This is my arm.
Show me your eye.
Touch your head.
Touch your face.

3. 

4. 

中国十大名胜古迹(2)

苏州园林

安徽黄山

长江三峡

台湾日月潭

避暑山庄

秦陵兵马俑

比喻句

一、看图连一连，读一读。

红红的太阳	像眼睛
弯弯的月亮	像火球
闪闪的星星	像小船

二、巧嘴巴，会说话。

1. 茂密的枝叶像____________________。
2. 燕子的尾巴像____________________。
3. 红红的苹果像____________________。
4. 老师像________________________。
5. 细细的春雨像____________________。

三、看图想一想，写一写。

大象的身子像____________________；

大象的耳朵像____________________；

大象的鼻子像____________________；

大象的尾巴像____________________。

周周好积累

谜 语

不怕细菌小，
有它能看到，
化验需要它，
科研不可少。

（谜底：显微镜）

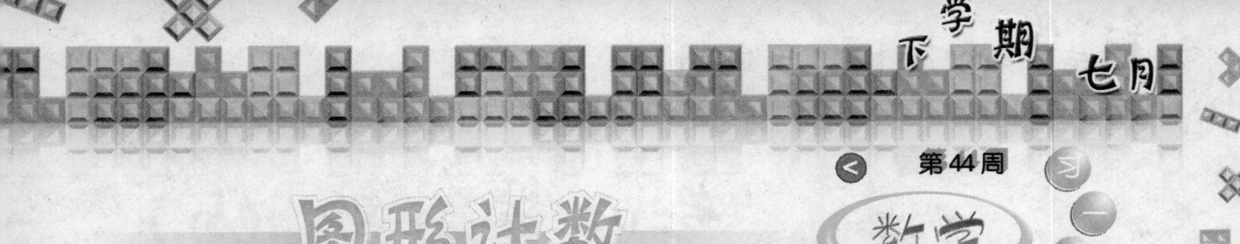

图形计数

一、数一数，图中共有多少个圆？

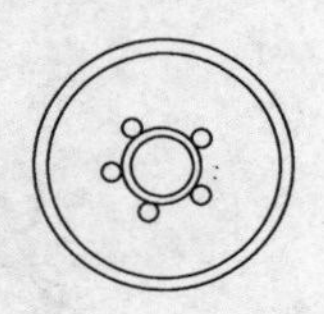

（　　）个圆

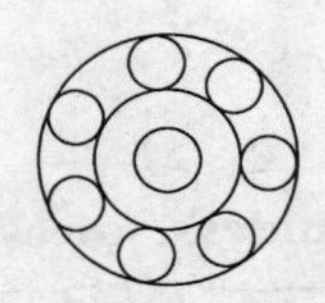

（　　）个圆

二、数一数，图中共有多少个正方形？

（　　）个□

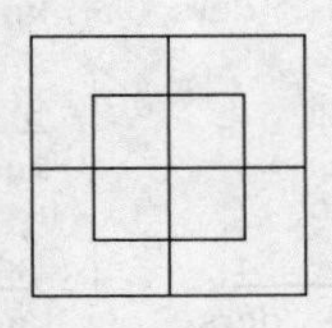

（　　）个□

三、数出图中共有多少个三角形。

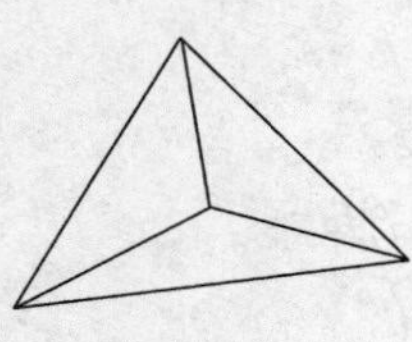

（　　）个△

（　　）个△

四、数出下图中共有多少个长方形。

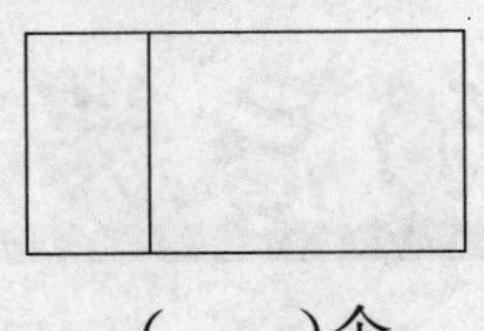

（　　）个

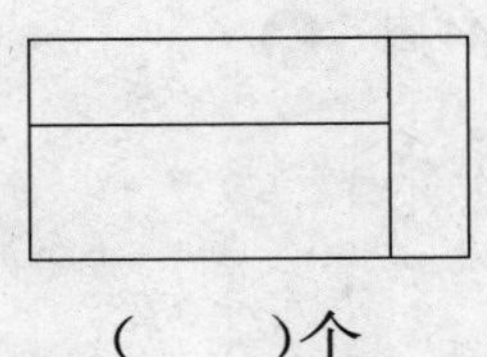

（　　）个

你知道吗？ 动物中的数学“天才”

真正的数学“天才”是珊瑚虫。珊瑚虫在自己的身上记下“日历”，它们每年在自己的体壁上“刻画”出365条斑纹，显然是一天“画”一条，奇怪的是，古生物学家发现，3亿5千万年前的珊瑚虫每年“画”出400幅“水彩画”。这是为什么呢？天文学家告诉我们，原来当时地球上一天仅21.9小时，一年不是365天，而是400天。

第44周

学唱英文歌（5）

学一学，唱一唱。

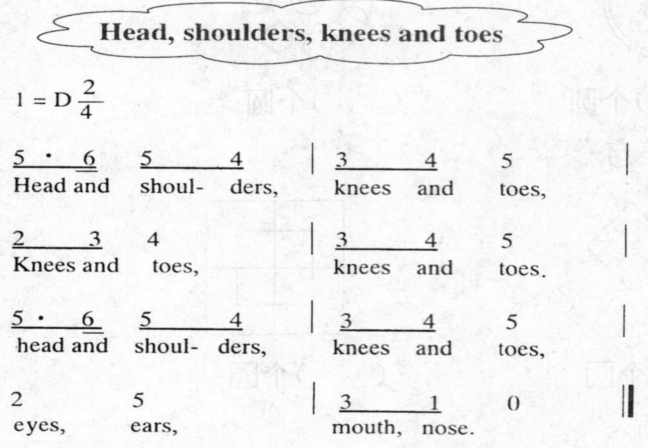

歌词大意：

头，肩，膝盖和脚趾，

膝盖和脚趾，膝盖和脚趾。

头和肩，膝盖和脚趾，

眼睛，耳朵，嘴巴，鼻子。

第44周

英国人的忌讳

同学们，你们知道吗？世界上许多国家都有他们忌讳的数字和日子。那么英国人忌讳的数字和日子是什么呢？让我们一起来了解一下吧。

在英国，13是个不吉利的数字，人们不愿提起它。一般情况下，英国人的重要活动不安排在13日，约会时间不定在13点，参加宴会避免13人入席，饭店房间号没有13等等。

除了13这个不吉利的数字外，英国人还认为“星期五”是个不吉利的日子。

因此，如果某一天是星期五又恰好是13号，那么这一天会被英国人认为是不吉中之大不吉，做事必须谨慎、小心。

修改病句

一、精彩判断。（给完整的句子打√，不完整的打×）

1. 一句话也不说。（　　）
2. 天空中的星星在不停地闪烁。（　　）
3. 长得真高。（　　）
4. 妈妈在。（　　）
5. 我们的祖国多么伟大。（　　）

二、我来当小医生。（修改病句）

1. 我们家的公鸡下了一个蛋。

____

2. 每天，妈妈送我上班。

____

3. 菜园里种了白菜、豆角、萝卜、西瓜等蔬菜。

____

4. 蝴蝶在水里游来游去。

____

5. 全校师生和老师一起参加了夏令营活动。

____

6. 一片树叶从地上落下来。

____

周周好积累

农　谚

正月菠菜才吐绿，二月栽下羊角葱；
三月韭菜长得旺，四月竹笋雨后生；
五月黄瓜大街卖，六月葫芦弯似弓；
七月茄子头朝下，八月辣椒个个红；
九月柿子红似火，十月萝卜上秤称；
冬月白菜家家有，腊月蒜苗正泛青。

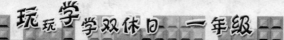

数数方块

一、下面图形中有几块积木块?

(　　)块

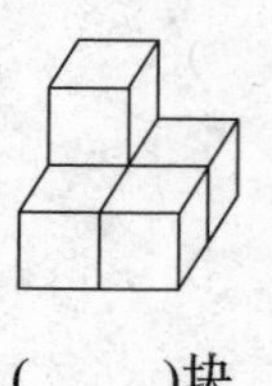

(　　)块

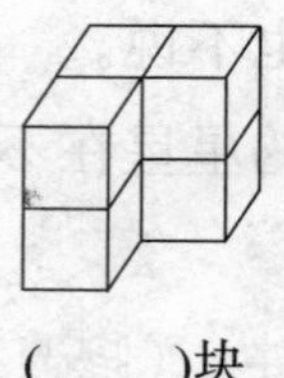

(　　)块

二、数一数下图图形中有几块积木块?

(　　)块

(　　)块

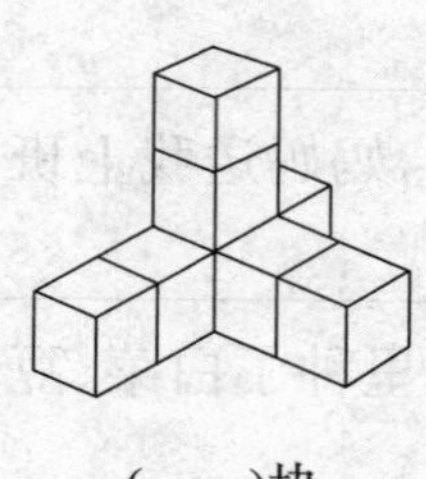

(　　)块

三、数数下图中各有多少个正方体木块。

(　　)个

(　　)个

(　　)个

你知道吗?

大脑藏书5亿本

人类的大脑,越用越灵,越学习知识越丰富,你不用,反而会迟钝了。

根据生理学家测定,人的脑神经细胞有120亿到140亿个,人一生即使活到100岁,也只能用掉10亿个左右的大脑细胞,百分之九十以上的大脑细胞还是完好无损的。法国医学科学院院长亚历山大·热尼奥活了103岁,临终前还精力充沛地从事繁重的科研工作,就是一个很好的例子。

一个人的大脑到底能容纳多少知识呢?美国麻省理工学院的科学家在报告中说,若你始终好学不倦,那么,你的大脑在你的一生中储藏的各种知识,大约相当于5亿本书。

认读家庭成员类词汇（1）

一、认一认，学一学。

爷爷；外公

grandfather(grandpa)

奶奶；外婆

grandmother(grandma)

母亲；妈妈

mother(mom)

父亲；爸爸

father(dad)

二、辨一辨，连一连。

mother	（外）祖父
father	（外）祖母
grandfather	父亲
grandmother	母亲

三、说一说，背一背。

爸爸是 father，妈妈是 mother；
爸爸的爸爸，妈妈的爸爸喊 grandpa；
爸爸的妈妈，妈妈的妈妈喊 grandma。

世界之最（1）

俄罗斯——领土最大的国家　　梵蒂冈——领土最小的国家

荷　兰——海拔最低的国家　　莱索托——海拔最高的国家

第46周

口语交际·生活对话

一、方方和乐乐要到碧波路32号去，可不小心迷路了。这时，方方看见了一位老爷爷，他连忙走过去……

方方：喂，你知道碧波路32号怎么走吗？

爷爷：______

方方走向乐乐，对乐乐说："不知道怎么回事，那人不理我。"

乐乐：瞧我的。

乐乐：______

爷爷：你向左拐就到了。

乐乐：______

爷爷：______

方方：怎么回事呀？为什么我问不到呢？

乐乐：______

二、一年四季各有特色，可有的小朋友喜欢这个季节，有的小朋友喜欢那个季节，下面这几个小朋友正在争论呢！听听他们说了些什么！

君君：______

超超：______

小平：______

刚刚：______

三、乐乐到书店里去买书，他和售货员阿姨会有怎样的对话呢？

乐乐：阿姨，你好，我想买本书。

阿姨：______

乐乐：______

阿姨：______

乐乐：______

周周好积累

谚语

蚂蚁搬家蛇过道，燕子低头雨就到。

长虫过道，大雨就到。

鸡儿上架早，明日天气好。

夜里星光明，明朝依旧晴。

连数字游戏

一、一笔画。（从1开始）

二、将下面的数字按从小到大的顺序连起来，看看它是什么。

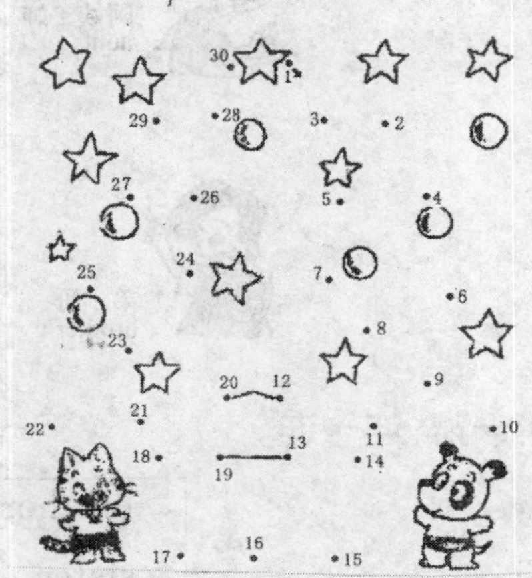

三、按顺序连一连。

数学小游戏

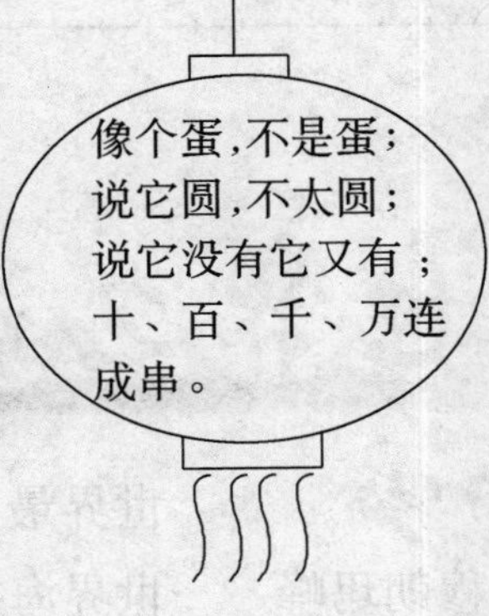
像个蛋，不是蛋；
说它圆，不太圆；
说它没有它又有；
十、百、千、万连成串。

（打一数字）

（谜底：0）

第46周

认读家庭成员类词汇（2）

一、认一认，学一学。

阿姨；婶；姑妈
aunt

叔；舅
uncle

弟；哥
brother

姐；妹
sister

二、辨一辨，连一连。

brother	阿姨
sister	舅舅
uncle	姐妹
aunt	兄弟

三、读一读，背一背。

sister 姐，妹；brother 哥，弟；
爸爸的姐妹，妈妈的姐妹喊 aunt；
aunt，aunt，aunt。
爸爸的兄弟，妈妈的兄弟喊 uncle，
uncle，uncle，uncle。

第46周

世界之最（2）

世界最长的河：尼罗河　　世界最大的河：亚马逊河

世界海拔最高的山峰：珠穆朗玛峰　　世界海拔最高的山脉：喜马拉雅山脉

写想象中的事物

一、看图，发挥想象写句子。

1.  + = ______________________________

2.  +  = ______________________________

3.  + = ______________________________

4. + = ______________________________

二、炎热的夏天到了，你现在最想干什么呢？先把你心里想的画下来，再用几句话来说一说。

____

____

____

孙子兵法·三十六计(1)

1. 瞒天过海　2. 围魏救赵　3. 借刀杀人　4. 以逸待劳　5. 趁火打劫
6. 声东击西　7. 无中生有　8. 暗渡陈仓　9. 隔岸观火　10. 笑里藏刀
11. 李代桃僵　12. 顺手牵羊　13. 打草惊蛇　14. 借尸还魂　15. 调虎离山
16. 欲擒故纵　17. 抛砖引玉　18. 擒贼擒王

数学

走迷宫

一、盖碗的通路在哪里？

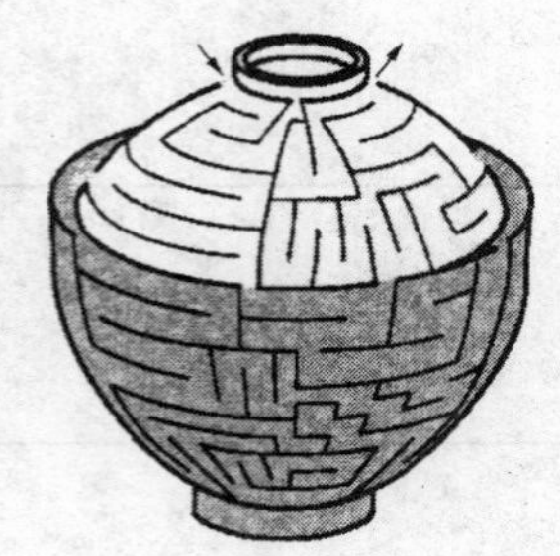

二、走迷宫。

三、小虫子找妈妈。（请画出小虫子的行走路线）

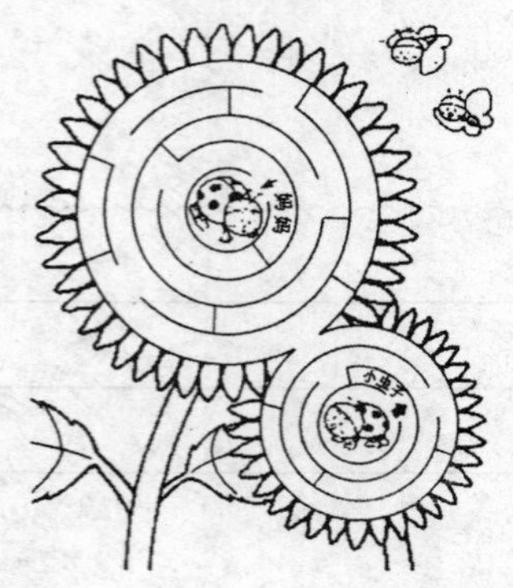

你知道吗？ “火山”爆发

找一个用过的墨水瓶，将温水灌进去，再滴进一些墨水，瓶口系一根绳，然后提着绳慢慢把小瓶沉进盛着冷水的水盆里，这时你会发现，小瓶中的墨水就像火山爆发的烟云，往上升起，到达水面后便扩散开来。

认读句型"Who's she / he?"

及其问答

一、认一认,学一学。

1.

Who's he?
他是谁?
He's my father.
他是我的爸爸。

2.

Who's she?她是谁?
She's my mother.
她是我的妈妈。

二、辨一辨,选一选。

1.

Who's she?

2.

Who's he?

3.

Who's he?

A. He's my uncle.
B. She's my aunt.
C. He's my grandpa.

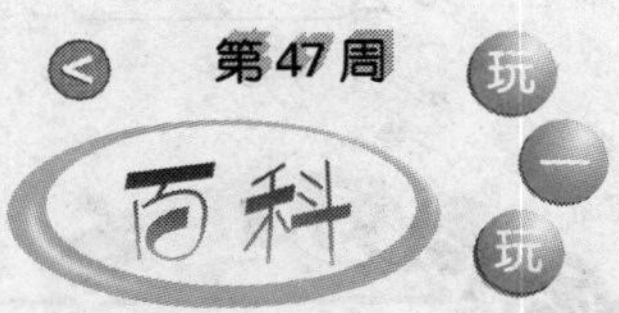

中国四大名著

《红楼梦》——最怪
作者：（清）曹雪芹

《三国演义》——最智
作者：（元末明初）罗贯中

《西游记》——最奇
作者：（明）吴承恩

《水浒传》——最义
作者：（元末明初）施耐庵

学一学 第48周 语文

综合性学习（2）
认识生活中的事物

一、看图连一连。

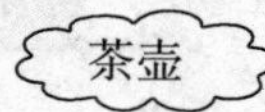

二、我会选。

下面的几种图形分别表示不同的天气，你都认识吗？选一选，将相应的序号填在横线上。

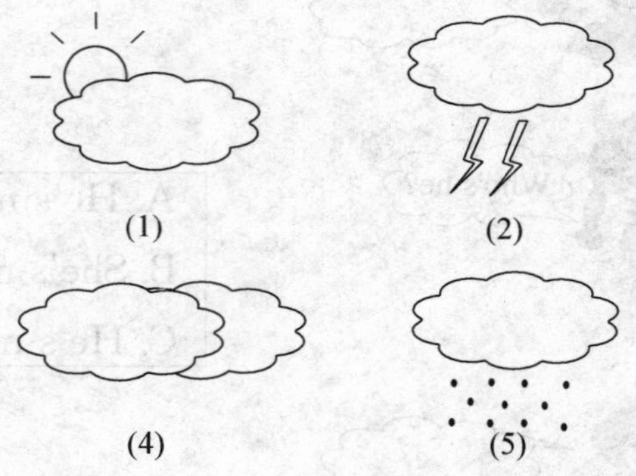

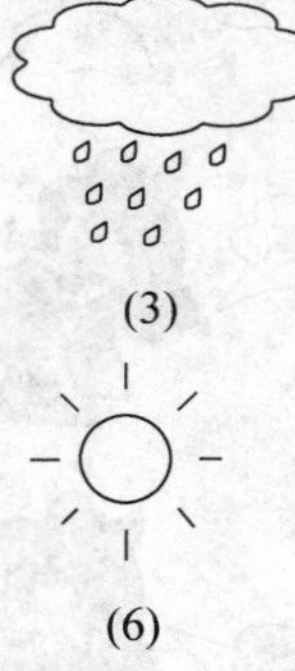

1. 闪电________　　2. 晴________　　3. 下雪________

4. 多云________　　5. 下雨________　　6. 阴________

孙子兵法·三十六计(2)

19.釜底抽薪　20.浑水摸鱼　21.金蝉脱壳　22.关门捉贼　23.远交近攻
24.假道伐虢　25.偷梁换柱　26.指桑骂槐　27.假痴不癫　28.上屋抽梯
29.树上开花　30.反客为主　31.美人计　32.空城计　33.反间计
34.苦肉计　35.连环计　36.走为上计

火柴棒摆算式

一、移动 1 根火柴棒，使等式成立。

1. $2-1=8$　　2. $2+11=1$

3. $14+1=11$　　4. $14+7=1$

二、拿走 1 根火柴棒，使等式成立。

1. $24-1=73$　　2. $12+6=17$

三、加上 1 根火柴棒，使等式成立。

1. $12+4-7=18$　　2. $5+6-9=20$

你知道吗？　数学的故乡

我国的数学发展史，自公元前 2700 年算起，到今天为止已经有 4000 多年的历史了。其他世界文明古国的数学史，却远不及我国这般悠久。如印度的数学史约有 3500 年到 4000 年，而现代欧洲国家直到 10 世纪以来才有数学，其历史不到 1000 年。所以，世界上数学历史最长的国家要算我们的祖国——中国。

中国是数学的故乡！

练一练 第48周

英语 认读数字 1~10

一、认一认,学一学。

1	2	3	4	5
one	two	three	four	five
6	7	8	9	10
six	seven	eight	nine	ten

二、辨一辨,连一连。

seven crayons

five chicks

three fish

two birds

four ducks

玩一玩 第48周

百科 美元与美国总统

美元以纸币为主,每种纸币上都印有一位美国总统的头像。下面为大家介绍其中一部分。

1 美元　乔治·华盛顿　　5 美元　亚伯拉罕·林肯

10 美元　亚历山大·汉密尔顿　　20 美元　安德鲁·杰克逊

古诗阅读

一、读一读，做一做。

夏日田园杂(zá)兴

（宋）范成大

梅子金黄杏子肥，麦花雪白菜花稀。

日长篱(lí)落无人过，惟(wéi)有蜻蜓蛱蝶飞。

1. 这首诗写的是________（季节）的景象。

2. 写反义词。

无——（　　）　长——（　　）　稀——（　　）　肥——（　　）

3. 诗中描写的水果有________、________；描写的昆虫有________、________；描写颜色的词分别是________、________。

二、读一读，画一画。

静夜思

（唐）李白

床前明月光，
疑是地上霜。
举头望明月，
低头思故乡。

学国学

七步诗

曹植

煮豆燃豆萁，豆在釜中泣。

本是同根生，相煎何太急。

第49周

数学

简单推理

一、仔细观察，“？”处放多少颗纽扣才能使天平保持平衡？

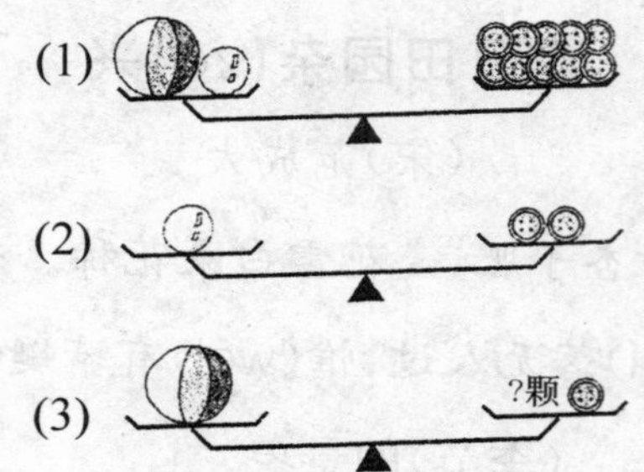

二、你知道笑话书和连环画各是多少钱吗？

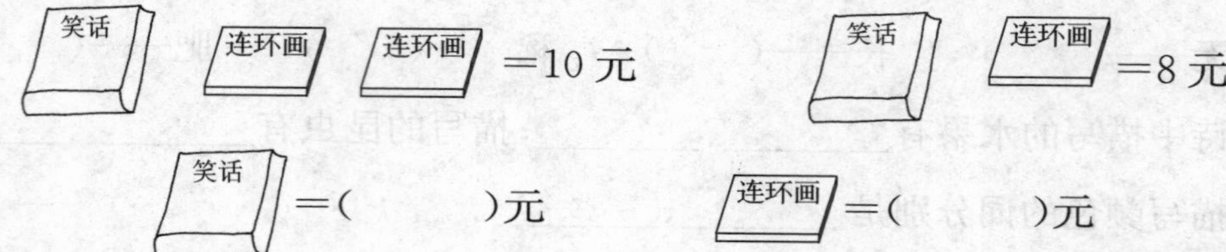

笑话 =(　　　)元　　　　连环画 =(　　　)元

三、你能说出手套和围巾的价钱吗？

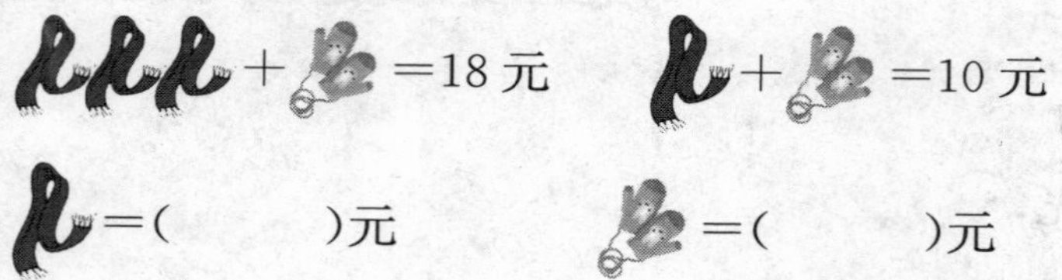

=(　　　)元　　　　=(　　　)元

数学小游戏

妹妹要通过数字迷宫去找姐姐，但迷宫必须按 2、4、6、8、2、4、6、8……的顺序才能走出去。你能帮妹妹找到这样的一条路线吗？

第49周

学唱英文歌(6)

一、学一学,唱一唱。

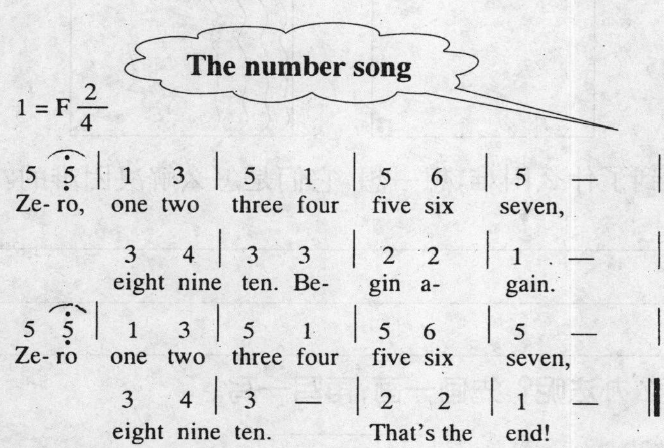

歌词大意:

数字歌

零,一二三四五六七,八九十。再来一遍。

零,一二三四五六七,八九十。结束了!

二、认一认,连一连。

1. Show me seven and eight.
2. Show me five and six.
3. Show me one and two.

第49周

英文字母谁发明

英文字母并非是由英国人创造的,英文字母是在约 3500 年前由腓尼基人发明的。腓尼基人精于航海和经商,他们把极为有用的 22 个字母传到了希腊。希腊人经过增减定下了 23 个字母。英国人是在罗马人之后学到这些字母的。他们增加了 J,U 和 W,才形成今日的 26 个英文字母。

学一学 第50周

语文 填图后写话

一、开动小脑筋。（先画一画，再写一写）

提示：图上有谁，它们遇到了什么困难，想一想，它们是怎么解决困难的？

二、想一想，小猴子想到了什么办法呢？先画一画，再写一写。

①

②

③

④

周周好积累

夏天到

夏天到，夏天到，
红红太阳当头照。
树上知了叫，
河里青蛙跳。

数学

多余条件

一、树上有44只小鸟。

第一次飞走8只，第二次飞走15只。
共飞走了多少只小鸟？

二、开学了。

开学了。
二（1）班有43人。
二（2）班有男生26人，女生20人。

二(2)班共有多少人？

三、小兔送萝卜。

白萝卜有9个，
胡萝卜有36个。
9个

送给奶奶20个胡萝卜。
36个

还剩多少个胡萝卜？

数学小游戏

你算得快，
卡片归你。
5+6=11

第50周

词汇归类(1)

一、选出不是同一类的那个词。

(　　)1. A. eight　B. elephant　C. nine

(　　)2. A. uncle　B. seven　C. sister

(　　)3. A. finger　B. father　C. aunt

(　　)4. A. brother　B. head　C. nose

(　　)5. A. face　B. eraser　C. ruler

(　　)6. A. monkey　B. sharpener　C. ant

二、下面为一废弃的小汽车,找出其中所含有的英文字母,看看它能组成什么单词。

英文字母:____________________

第50周

咖啡的传说

一提到咖啡我们就会想起那句著名的广告语"滴滴香浓,意犹未尽"。可你们知道咖啡是怎么来的吗?

据记载,公元 11 世纪时,阿拉伯地区盛行将晒干的咖啡豆煎煮成汤汁,当成胃药使用。后来,阿拉伯的回教徒们发现这种汁液有提神的效果,便使用它作为替代酒的提神饮料,并且以回教圣地麦加为中心,将之由阿拉伯传到埃及,再传到叙利亚、伊朗、土耳其等地。

大约 17 世纪左右,咖啡才经由通商航线,渐渐风靡意大利、印度、英国等地。1650 年左右,英国牛津出现了西欧第一家终日弥漫着咖啡香味的咖啡店。

童话寓言阅读

一、开心阅读。

猴子的一手把豆

有一只猴子，不知从什么地方抓来了一手把豆子，却不小心，漏下了一粒在地上，猴子连忙放下了手中的豆，去寻觅那一粒，却总是寻不到，待猴子回过头来拿那放下的一手把豆时，豆子已经给一群鸡啄光了。

1. 我会填。

(1)________有一手把豆子。

(2)猴子的豆子漏了________粒在地上。

2. 我会选。

剩下的豆子被(　　)啄光了。

A. 鸡　　B. 鹰

3. 你喜欢这只猴子吗？你想对它说什么？

____

二、读一读，做一做。

漏　碗

一个厨子拿着一只碗，到酒店里去买了一角钱的酒，在街上走着。因为酒要急用，他走得快了些，那碗里的酒都一晃一晃地向碗外溢出，流到碗底，一点一点地向地上滴去。厨子见了，不由得吃惊道："咦！碗是漏的吗？"说着，就把碗底翻转过来看个究竟。哪知碗没有漏，酒倒都洒到地上了。

1. 填上合适的量词。

一(　　)碗　　一(　　)钱　　一(　　)酒

2. 读课文，想一想：碗里的酒为什么都落到地上了？请你在文中找答案，用"～～～"画下来。

3. 同学们，你能告诉厨子，他错在哪里了吗？

____

数字成语

一本正经　一清二楚　二话不说　三心二意
四面八方　五颜六色　六神无主　七嘴八舌
七上八下　八仙过海　九牛一毛　十全十美
百发百中　千军万马　千奇百怪　百里挑一

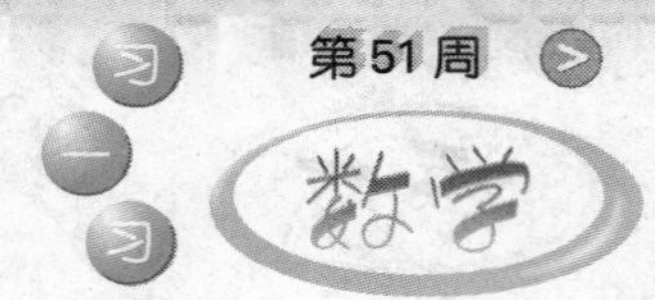

数字谜

一、下列算式中，每个图形各代表几？

1.
$$\begin{array}{r} 2\triangle \\ +\star 4 \\ \hline 86 \end{array}$$
△=(　　)
☆=(　　)

2.
$$\begin{array}{r} \bigcirc 1 \\ +2\square \\ \hline 43 \end{array}$$
○=(　　)
□=(　　)

3.
$$\begin{array}{r} 2\square \\ +\triangle 3 \\ \hline 65 \end{array}$$
□=(　　)
△=(　　)

二、下列字母各代表几？

1.
$$\begin{array}{r} A6 \\ +4B \\ \hline 59 \end{array}$$
A=(　　)
B=(　　)

2.
$$\begin{array}{r} 2A \\ +B4 \\ \hline 98 \end{array}$$
A=(　　)
B=(　　)

3.
$$\begin{array}{r} A8 \\ -5B \\ \hline 23 \end{array}$$
A=(　　)
B=(　　)

三、下列文字各代表几？

1.
$$\begin{array}{r} \text{数}5 \\ -2\text{学} \\ \hline 73 \end{array}$$
数=(　　)
学=(　　)

2.
$$\begin{array}{r} \text{快乐} \\ -35 \\ \hline 54 \end{array}$$
快=(　　)
乐=(　　)

3.
$$\begin{array}{r} 56 \\ -\text{学习} \\ \hline 14 \end{array}$$
学=(　　)
习=(　　)

你知道吗？　猜数字谜

小猴开了家饭店，为了吸引顾客，他想了一个办法：猜数字谜，猜中的免费就餐。

第一天，他的店门口挂出了谜句：1+1≠2(猜一字)。小猫一拍脑袋，说："我猜到了！这是个'王'字，它的上下是'一'，中间是个'+'。"小猫得到了免费餐。

第二天，小猴的谜面是：1、2、5、6(猜一成语)。又被小猫猜中了：丢三落四。

第三天的谜面是：99(猜一字)。这可把大家难住了，连小猫也只能干瞪眼。

同学们，你知道谜底是什么字吗？

词汇归类(2)

一、将下列单词按要求归类。

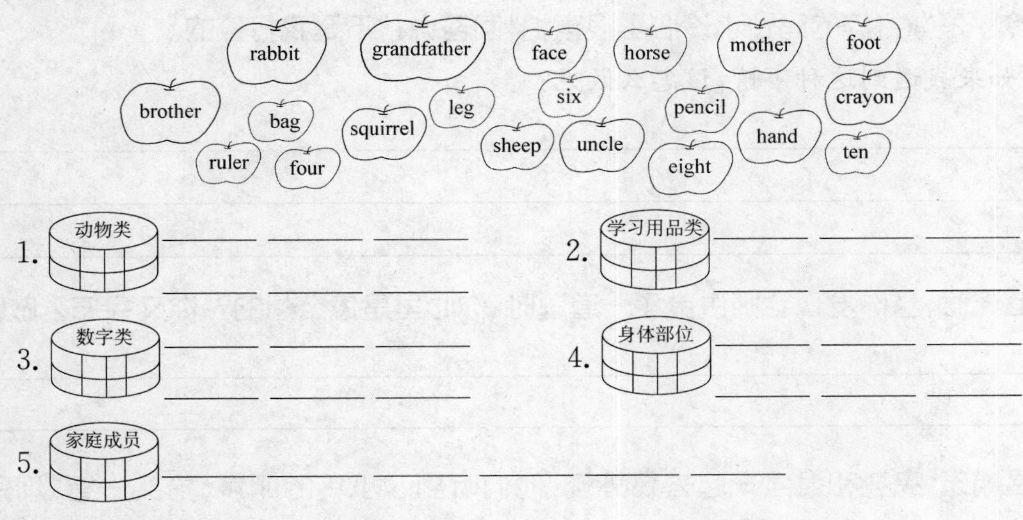

1. 动物类 ________ ________ ________ ________ ________ ________

2. 学习用品类 ________ ________ ________ ________ ________ ________

3. 数字类 ________ ________ ________ ________ ________ ________

4. 身体部位 ________ ________ ________ ________ ________ ________

5. 家庭成员 ________ ________ ________ ________ ________

二、找到下列单词中的元音字母。

1. one ________　2. tiger ________　3. aunt ________

4. eye ________　5. monkey ________　6. bird ________

汉堡包

汉堡包是西方快餐的主食。它起源于中世纪。当时蒙古人和鞑靼人交战,交战双方把质量较次的肉剁碎,加工,做成易于消化的食品。4世纪,这种食品传到德国,称为"汉堡牛排"。19世纪又传到英格兰,经过食品专家的改进,传入美国,称为"汉堡肉饼",简称"汉堡包"。

1904年,圣路易斯的世界博览会上首次出售汉堡包,很受欢迎,因此广为流传。汉堡包实际上是三明治。后来又发展成"汉堡加配菜",加上番片、洋葱片、酸黄瓜、还涂上黄油、番茄沙司、芥末等。这种食物通常在午餐或小吃时食用,因为其含有各种肉馅,不便拿在手中,一般都放在盘中,用刀叉食用。

除了著名的麦当劳之外,美国还有两家著名的汉堡包公司,"汉堡大王"和温迪汉堡包公司。这三大汉堡包公司各有特色,竞争激烈。

第52周

写自己的感想

一、小玲到姑妈家做客，一不小心，打碎了姑妈家的花瓶。后来，姑妈发现了，问小玲："是你打碎的吗？"小玲心里很害怕，回答说："不是我打碎的。"

如果我遇到这种事情，该怎么做呢？

二、上课时，当你发现老师讲错了一道题时，你心里是怎么想的？你又会怎么做呢？

三、星期天，亮亮和强强一起去郊外玩，他们听到了小鸟的叫声，抬头一看，几只刚出生的小鸟正在鸟窝里叫妈妈呢！强强高兴极了，连忙说："太好了，我们上去抓小鸟吧！"亮亮说："才不去呢，你也别去了。"

说说你对这件事的看法，他们谁做得对，为什么？

格言警句

不鸣则已，一鸣惊人。
宁为玉碎，不为瓦全。
书读百遍，其义自见。
己所不欲，勿施于人。
千里之行，始于足下。

排队求人数

一、同学们排队做游戏。

从我的右边数我排第6。
从我的左边数我排第9。
小青
王亮

这一排共有多少名同学?

二、动物们开运动会。

从前数我排第8,从后数我排第7。

这一队共有多少只小动物?

三、鸭妈妈带着一群小鸭去游泳,鸭妈妈左边有 6 只小鸭,右边也有 6 只小鸭。一共去了多少只鸭?

数学小游戏

你能很快记住下面的数字吗？用什么方法？

5 8 8 1 7 6 1 7 9

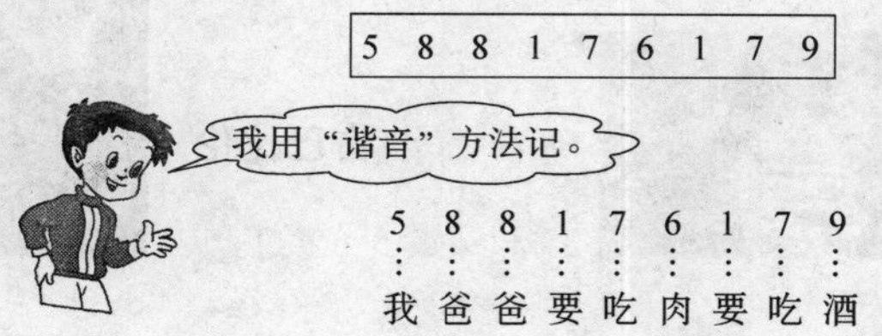

我用“谐音”方法记。
5 8 8 1 7 6 1 7 9
我 爸 爸 要 吃 肉 要 吃 酒

第52周

交际用语的运用（3）

一、将图片与英文句子配对。

1. This is my mouth.
2. That is a dog.
3. Show me five and eight.
4. Show me a crayon.
5. Touch your ear.

A　B　C　D　E

二、从方框内选出下列各句的应答语。

(　　)1.

(　　)2.

(　　)3.

A. She's my sister. B. It's an elephant. C. No, it isn't. It's a cat.

第52周

四大文明古国

中国

古印度

古埃及

古巴比伦

第 1 周

语文▶ 单韵母

三、i ü e u

数学▶ 数一数

二、2 4 2 3 6

数学小游戏：

(1)0 1 3 4 6 7 8 9

(2)0 1 2 3 4 5 6 7

英语▶ 问候语与打招呼(1)

略

第 2 周

语文▶ 声母

二、ru zu shu

三、d b q p

四、d b n m l t q p

数学▶ 比一比

二、第二根绳子最长

三、小狗最近

数学小游戏：

第一杯水升得最高。

英语▶ 认读字母 Aa～Ee(1)

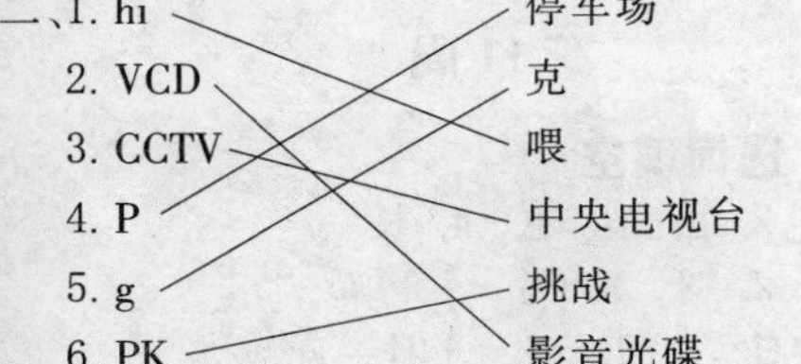

第 3 周

语文▶ 复韵母

三、d、ào f、ēi h、óng q、iū j、īng

四、bái píng sǎn bēi

数学▶ 1～5 的认识

一、5 1 4 2 3

二、从上往下依次填：2 3 4 5

三、2 1 2

四、5>4>3>2>1

数学小游戏：

有多种走法，正确就行。

英语▶ 认读字母 Aa～Ee

一、略 二、略

第 4 周

语文▶ 整体认读音节

一、yuán yuè yī yún chī yè yīng zi

二、复韵母：ing üe ui ou

整体认读音节：ying zi yu wu

三、shí yè yuán chǐ yuè rì

数学▶ 5 以内的加减法

三、4－1＝3 2＋1＝3

英语▶ 动物园里真热闹(1)

二、1. Cluck! 2. Woof! 3. Quack!

4. Mew!

第 5 周

语文▶ 综合性学习：在生活中识字

二、1. 图书馆 2. 火车站（飞机场） 3. 医院

数学▶ 0 的认识和加减法

一、5 2 3 0 4 1

二、0<1<2<3<4

四、2＋0＝2 3－3＝0

英语▶ 问候语与打招呼(2)

1. How do you do? 2. Good evening!

3. Bye! 4. Nice to meet you.

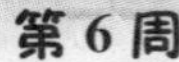

第6周

语文▶ 汉语拼音综合练习

一、pú táo jú zi xiāng jiāo yī fú qún zi máo jīn

三、1. chī 2. zhuā

数学▶ 认识物体和图形

一、②⑦ ①⑨ ③⑥ ④⑤⑧

三、3 1 3 10

英语▶ 认读字母 Ff~Jj(1)

二、1. CD——小型镭射盘
2. TV——电视机
3. USA——美国
4. QQ——一种即时通信软件
5. V——胜利的手势

第7周

语文▶ 笔画、笔顺

一、三画、五画、四画
四画、三画、五画
三画、四画、五画
三画、五画、四画

二、 乛 ㇏ ㄴ ㇁ ㇆ ㇈ ㇂ ㄣ

数学▶ 分类

一、○○√√√√○√

二、①③⑥ ②④⑤ ⑦⑧

三、1. ①④ ②③
2. ①③ ②④

英语▶ 认读字母 Ff~Jj(2)

一、略

二、略

第8周

语文▶ 认清汉字结构

二、上下结构:空 您 笑 草 朵
左右结构:你 河 校 体 地
独体字:车 米 人 言
全包围结构:回 四 园 围

数学▶ 6、7的认识和加减法

一、6 7 6<7 7>6

二、= > > = = >

英语▶ 学唱英文歌(1)

略

第9周

语文▶ 写字

二、爸 和 出 林 妈

三、河 江 流 问 间 闪
迷 这 过 莱 草 萝

数学▶ 用数学

一、7−3=4 6−3=3

二、1. 4+2=6
2. 7−2=5
3. 2+4=6
4. 7−3=4

英语▶ 动物园里真热闹(2)

二、rabbit 小兔 cock 公鸡 squirrel 松鼠
monkey 猴子

第10周

语文▶ 量词大比拼

一、朵 本 张 支 杯 把 棵 只 间 个
颗 头

二、个 辆 把 条 台 头

数学▶ 8、9的认识和加减法

一、9>8>7>5>3>1

三、6+2=8 9−5=4

英语▶ 介绍与询问姓名(1)

一、1. 大家好,我叫王梅。 2. 大家好,我叫迈克。
3. 大家好,我叫陈芳。 4. 大家好,我叫吴海。

二、②

第11周

语文▶ 选词填空

一、1. 山 2. 出 3. 也 4. 长

二、1. 呢 2. 呀 3. 吗

三、六月一日 九月十日 十月一日
五月一日 八月十五 五月初五

数学▶ 10的认识和加减法

一、10 8 7 4 3 2

二、5 2 4 1; 8 7 6 5 4 3 2;
7 8 5 4 1 3

英语▶ 熟悉字母 Aa～Jj

一、大写字母：:IJDBHAGCF

小写字母：adefgj

二、1. Aa,Cc 2. Hh,Jj 3. Ff,Hh 4. Dd,Ff 5. Cc,Ee 6. Ee,Gg

第 12 周

语文▶ 儿歌阅读

一、(一)1. 天空 海洋 高山 森林 泥土

2. 所有的人 祖国

(二)爸爸妈妈 老师 交警叔叔

数学▶ 连加、连减

一、5+3+1=9

二、4 0 10 9 9 0 9 1

三、10 9 5 6

英语▶ 认读字母 Kk～Oo(1)

二、1. PRC 再见

2. I 对应；与

3. Bye 美国职业篮球赛

4. VS 中国香港

5. HK 我

6. NBA 中华人民共和国

第 13 周

语文▶ 看单幅图写话

略

数学▶ 加减混合

一、9 6 10 5 2 10 7

二、10 5 8 4 9; 2 8 5 10 8

三、6 3 5 1 4 5 9 10

英语▶ 认读字母 Kk～Oo(2)

略

第 14 周

语文▶ 偏旁、部首

一、门字旁的字：问、间、闪

口字旁的字：吗、叶、呢

草字头的字：草、菜、苗

三、果 园 桥 坐 尾

数学▶ 11～20 各数的认识

一、13 15 11 14 20

二、< > > < < > > >

三、15 20 11

英语▶ 动物园里真热闹(3)

二、squirrel 松鼠 duck 鸭子 panda 熊猫 rabbit 兔子 bird 鸟儿

第 15 周

语文▶ 形近字

一、小 今 瓜 目 无 子

二、鸟 巾 大 己

数学▶ 十加几和十几减几

一、13 15 10 10; 15 12 10 16; 8 17 16 19

三、10+5=15 5+10=15 15−5=10 15−10=5

英语▶ 介绍与询问姓名(2)

1. B 2. C 3. A

第 16 周

语文▶ 熟字加(去)偏旁

一、去 目 季 往 太 少 干 目 日

二、尖 男 明 鲜 木 人 虫 象

三、心；愿，想，念，息，您，意

数学▶ 认识钟表

一、8 时 8:00 9 时半 9:30 10 时 10:00

二、7:00 12:30 4:30 9:00

三、5:00

英语▶ 认读字母 Pp～Tt(1)

二、1. OK 厕所

2. W.C. 千米

3. kg 米

4. cm 千克

5. m 好吧

6. km 厘米

第 17 周

语文▶ 词语归类

一、1. 季节 2. 爸爸 3. 大海 4. 树

三、鸟类：yīng wǔ bái hè kǒng què

兽类：shī zi lǎo hǔ dà xiàng

水果类：bō luó yā lí

数学▶ 9 加几

一、从左往右依次是：16 17 18 13 14 11 12

三、9+4=13

英语▶ 认读字母 Pp～Tt(2)

一、1. C,D 2. H,E,F 3. g,l 4. Q 5. P 6. R 7. F,E,H 8. K 9. J

第 18 周

语文▶ 标点符号

一、1. ? 2. ,。 3. !?

二、1. ,? 2. ,? 3. !。 4. 。

数学▶ 8、7、6 加几

一、12 14 12 11 10； 13 12 13 16 15； 16 9 13 13 15； 14 14 17 8 15

三、6+5=11(支) 11 岁

英语▶ 问候语与打招呼(3)

1. B 2. C 3. A

第 19 周

语文▶ 口语交际 · 回答问题

略

数学▶ 5、4、3、2 加几

三、13 11 12 11

英语▶ 认读字母 Uu～Zz(1)

二、1. VIP — 重要人物

2. UFO — 不明飞行物

3. WTO — 世界贸易组织

4. SARS — 传染性非典型肺炎

第 20 周

语文▶ 写想说的话

略

数学▶ 上学期总复习(1)

一、11 15 0 5 7；

5 0 8 5 4；

15 13 10 13 12

二、13 16

三、2 1 3 3

英语▶ 认读字母 Uu～Zz(2)

略

第 21 周

语文▶ 连词成句

二、1. 这朵花真美啊！

2. 我爱我的学校。

3. 这本书是你的吗？

数学▶ 上学期总复习(2)

一、13 14； 2 5 6 9； 10 11 13 14 15

二、9 时 9:00 6 时半 6:30 12 时半 12:30

三、9+5=14

英语▶ 学唱英文歌(2)

略

第 22 周

语文▶ 改错别字

一、象 园 工 再 今 生 己 牛

二、1. 木(水) 2. 禾(和) 3. 足(竹) 4. 包(跑) 5. 蛙蛙(娃娃)

三、晴(睛) 亭(停) 汽(气) 睛(晴) 底(低) 战(站)

数学▶ 移多补少

一、从第一行移 2 个到第二行

二、第二行摆 7 个○

三、从第二行拿 2 支笔到第一行

四、从右边拿 2 个葡萄到左边

英语▶ 学歌谣

二、略

第 23 周

语文▶ 识字

一、日 鸟 水 山 鱼 花 目 田

数学▶ 几和第几

一、5 1 4 5

二、7 6 5 3 6

三、4 5 8

英语▶ 复习 26 个字母

大象

第 24 周

语文▶ 猜字谜

一、1. A 2. C 3. A

二、吕 昌 炎 双 多 朋

三、闪 闹 闭 间 闻 闯

四、地 他 池 也

数学▶ 简单分类

一、①⑥ ②③ ④⑤⑦

①④ ②⑤ ③⑥⑦

二、第一种分法:①④⑥ ②③⑤

第二种分法:①⑤⑥ ②③④

三、1. ①②④⑥ ③⑤

2. ①③⑤ ②④⑥;

3. ①②⑤ ③④⑥

英语▶ 交际用语的运用(1)

1. B 2. A 3. C 4. D

第 25 周

语文▶ 看拼音,写字词

一、高山 树叶 星星 房子

飞机 小鸡 西瓜 小鸟

二、东西 春天 左右 自己 朋友 爷爷 花草

父母

数学▶ 填填数字

一、(1)1 (2)7 (3)7

(4)8 (5)5 (6)8

二、

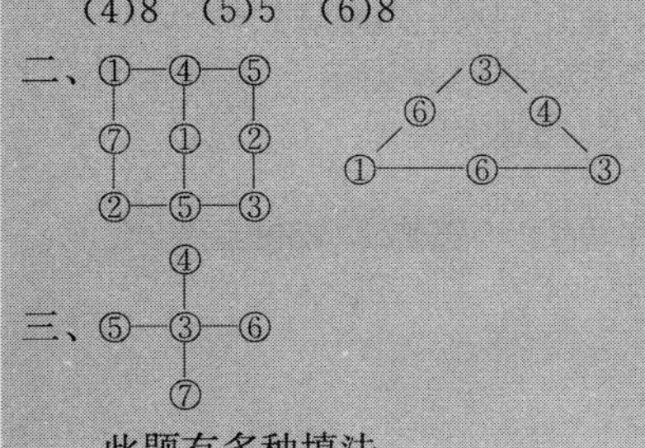

三、

此题有多种填法

英语▶ 交际用语的运用(2)

1. A 2. C 3. B 4. D

第 26 周

语文▶ 多音字

一、jiào zhǎng shǎo zhèng

二、gàn gān hǎo hào bèi bēi

三、1. yuè lè

2. zhǎng cháng cháng

3. hé huo

4. zhī zhǐ

四、1. shù 2. shǔ 3. shào 4. shǎo

数学▶ 图形算式

一、1. △=8 ○=1

2. △=3 □=7

3. ☆=4 □=3

二、4 角 6 角 10 角

三、1. ☆=3 ○=3

2. △=4 ☆=2

3. △=2 ○=4

英语▶ 动物园里真热闹(4)

二、elephant 大象,sheep 绵羊,monkey 猴子,horse 马,cock 公鸡

第 27 周

语文▶ 词语搭配

略

数学▶ 上下、前后、左右

一、1. 9 2. 2 6 3. 7

三、1. 6 2. 5 2 7

英语▶ 学唱英文歌(3)

略

第 28 周

语文▶ 排列句序

一、1. 森林 树林 大树 绿叶

2. 爷爷 爸爸 哥哥 弟弟

3. 清晨 上午 中午 傍晚

二、2 4 1 3

三、2 1 4 3

数学▶ 位置

二、1. 右 2 上 3 2. 右 4 下 1
3. 左 3 上 1 4. 左 3 下 2

英语▶ 认读元音字母及其他(1)

一、1. e 2. U 3. I 4. O 5. a 6. A 7. E
8. i 9. o 10. u
二、略

第 29 周

语文▶ 仿写词语

一、高兴 高高兴兴 许多 许许多多
明白 明明白白
三、高 高 大 大 长 长 路

数学▶ 十几减 9

一、2 6 5 10 4 9 3 8 7
三、16－9＝7

英语▶ 26 个字母的书写(1)

一、Cc,Gg,Jj,Ll,Oo,Ss,Vv,Xx
二、TV 电视 CD 小型镭射盘 DVD 数字多功能光盘 kg 千克 P. M. (p. m.) 下午 P 停车场 M 中号/S 小号/L 大号

第 30 周

语文▶ 动词集合

一、打 写 踢 荡 吃 拍
二、捉 穿 喝 洗 梳 扫

数学▶ 十几减几

二、11－3 13－5 14－6 16－8 12－4 17－9 15－7
三、7 6 5

英语▶ 询问物品及其回答(1)

1. B 2. C 3. A

第 31 周

语文▶ 同音字

一、办 半 象 像 完 玩 做 作
公 工 余 鱼 生 升 泉 全
二、1. 每 2. 美 3. 东 4. 冬 5. 乡 6. 香

数学▶ 图形的拼组

一、√ × √ ×
三、12

英语▶ 26 个字母的读音归类及其他(1)

二、1. Q 2. d 或 q 或 g 3. B 或 R 4. N 5. M 或 W 6. E 7. B 8. D

第 32 周

语文▶ 近义词

二、突然 难过 方法 用劲 本事
三、1. 大约 2. 大概 3. 追 4. 赶

数学▶ 100 以内数的认识

二、40 52 100
三、54 64 34 94 14 24;
50 54 51 52 59 58 56

英语▶ 26 个字母的读音归类及其他(2)

一、1. q 2. i 3. o 4. y 5. a 6. t 7. r
8. O 9. R 10. Y
二、1. i 2. H 3. E 4. D

第 33 周

语文▶ 造句

略

数学▶ 100 以内数的大小比较

一、< > < < < > < <
二、大于 70 的:75 81 93 84 92 100 88 79
小于 70 的:65 26 68 9 15 44 34 36 54
三、43 个

英语▶ 动物园里真热闹(5)

二、giraffe 长颈鹿 ant 蚂蚁 tiger 老虎 fish 鱼 bee 蜜蜂 fox 狐狸

第 34 周

语文▶ 补充句子

一、1. √ 2. × 3. × 4. √
三、1. 顽皮的小猴子在树上跳来跳去。
2. 小明在学校认真地学电脑。
3. 雪花纷纷扬扬地落下来。

数学▶ 整十数加一位数和相应的减法

一、45 35 75 65; 70 60 50 30
二、45<50<66<70<80<90
三、34－6＝28

英语▶ 询问物品及其回答(2)

1. B 2. C 3. A

第 35 周

语文▶ 问句

一、1. 吧 2. 呢 3. 吗

三、牙床 银河 地球 雪花

数学▶ 认识人民币

二、1. 2 1 (或 1 3)2. 5 3. 5

三、元 元 元 角

英语▶ 26 个字母的书写(2)

略

第 36 周

语文▶ 口语交际·发表见解

略

数学▶ 人民币的简单计算

一、5 角+5 角+5 角+5 角+2 角=2 元 2 角

二、8+5=13(元)

三、50−30=20(元)

英语▶ 26 个字母的读音归类及其他(3)

一、1. Hh,Kk 2. Bb,Cc,Gg,Pp,Vv

3. Yy 5. Ww,Qq 7. Ll,Mm,Nn,Xx

二、1. GIRAFFE 2. duck

3. ELEPHANT 4. rabbit

5. SQUIRREL 6. monkey

第 37 周

语文▶ 排图序后写话

一、4 2 1 3

数学▶ 两位数加一位数和整十数

一、28 19 36 47; 44 58 77 46

二、32 77 65 52 62; 86 90 93 92 84;

83 81 98 92 42

三、43+40=83

英语▶ 认读学习用品类的词汇(1)

二、略

第 38 周

语文▶ “把”字句与“被”字句

一、1. 一个又大又红的苹果被我吃了。

2. 作业全部被我做完了。

3. 一篮子蘑菇被小白兔采回家了。

二、1. 老爷爷被小刚送回了家。

2. 玲玲的笔被我弄坏了。

3. 我把这道题算出来了。

4. 青蛙把田里的害虫吃了。

数学▶ 两位数减一位数和整十数

一、39 45 33 47

三、34−20=14

英语▶ 认读学习用品类的词汇(2)

二、略

第 39 周

语文▶ 反义词

一、1. 长 短 2. 热 冷

3. 前 后 4. 快 慢

二、白 多 细 长 去 高

三、1. 大—小 2. 来—去

3. 虚心—骄傲 进步—落后

数学▶ 认识时间

一、8 时 55 分 8:55 8 时 25 分 8:25 4 时 35 分 4:35

三、7:45 ☆ 12:05 5:56

英语▶ 介绍物品

1. C 2. B 3. D 4. A

第 40 周

语文▶ 字母表

二、r y b e q i

三、b d e f g i j k m n o p

r s t v w x y z

数学▶ 找规律

一、11 13 15; 27 30 33 36;

20 24 28 32; 20 18 16 14

英语▶ 学唱英文歌(4)

略

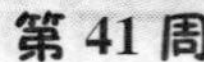

第 41 周

语文▶ 查字典

二、W wán Y yìng C chàng H hěn
Q qún

数学▶ 统计

一、4 5 5 9
1. 
2. 23 3. 5

英语▶ 认读身体部位类词汇(1)

二、eye 眼睛 ear 耳朵 nose 鼻子 face 脸
mouth 嘴

第 42 周

语文▶ 扩句与缩句

一、1. 许多的小蚂蚁在搬家。
2. 我们背着书包高高兴兴地上学去。
3. 汽车在马路上飞快地行驶。
二、1. 太阳升起来。 2. 树叶落下来。
3. 飞机飞行。

数学▶ 总复习(1)

一、58； 3 50 60； 38 40； 5
三、= ＞ ＞ ＜ = = ＜ ＞ =

英语▶ 认读身体部位类词汇(2)

二、foot 脚 hand 手 body 身体 arm 胳膊
finger 手指

第 43 周

语文▶ 看多幅图写话

略

数学▶ 总复习(2)

一、大于 50 的数：78 85 53 55 83
个位是 5 的数：35 85 25 55 45 15
十位是 5 的数：53 55
二、6 6 2 8
三、50－8＝42(元)

英语▶ 认读祈使句"Show me..."和"Touch your..."

1. Show me your eye. 2. Touch your face.
3. Touch your head. 4. This is my arm.

第 44 周

语文▶ 比喻句

略

数学▶ 图形计数

一、9 10
二、7 10
三、4 8
四、3 5

英语▶ 学唱英文歌(5)

略

第 45 周

语文▶ 修改病句

一、1. × 2. √ 3. × 4. × 5. √
二、1. 我们家的母鸡下了一个蛋。
2. 每天，妈妈送我上学。
3. 菜园里种了白菜、豆角、萝卜等蔬菜。
4. 小鱼在水里游来游去。
5. 全校师生一起参加了夏令营活动。
6. 一片树叶从树上落下来。

数学▶ 数数方块

一、4 5 6
二、7 7 8
三、7 9 13

英语▶ 认读家庭成员类词汇(1)

二、mother 母亲 father 父亲 grandfather(外)祖父 grandmother(外)祖母

第 46 周

语文▶ 口语交际·生活对话

略

数学▶ 连数字游戏

一、这是一只小鸟
二、是一棵圣诞树
三、是只猫

英语▶ 认读家庭成员类词汇(2)

二、brother 兄弟 sister 姐妹 uncle 舅舅 aunt 阿姨

第 47 周

语文▶　写想象中的事物

略

数学▶　走迷宫

一、

三、

英语▶　认读句型"Who's she/he?"及其回答

二、1. B　2. C　3. A

第 48 周

语文▶　综合性学习：认识生活中的事物

二、1.(2)　2.(6)　3.(5)　4.(1)　5.(3)　6.(4)

数学▶　火柴棒摆算式

一、1. 2+1=3　　2. 12−11=1

3. 4+7=11　　4. 14−7=7

二、1. 74−1=73　　2. 12+5=17

三、1. 12+14−7=19　　2. 5+6+9=20

英语▶　认读数字 1～10

二、seven crayons 七支蜡笔

five chicks 五只小鸡

three fish 三条鱼

two birds 两只鸟

four ducks 四只鸭

第 49 周

语文▶　古诗阅读

一、1. 夏季

2. 有　短　密　瘦

3. 梅子　杏子　蜻蜓　蝴蝶　金黄　雪白

数学▶　简单推理

一、8 颗

二、6　2

三、4　6

英语▶　学唱英文歌(6)

二、1. C　2. B　3. A

第 50 周

语文▶　填图后写话

略

数学▶　多余条件

一、8+15=23(只)

二、26+20=46(人)

三、36−20=16(个)

英语▶　词汇归类(1)

一、1. B　2. B　3. A　4. A　5. A　6. B

二、1. G　O　O　D　B　Y　E

第 51 周

语文▶　童话寓言阅读

一、1. (1)猴子　(2)一

2. A

二、1. 只　角　碗

数学▶　数字谜

一、1. △=2　☆=6

2. ○=2　□=2

3. □=2　△=4

二、1. A=1　B=3

2. A=4　B=7

3. A=7　B=5

三、1. 数=9　学=2

2. 快=8　乐=9

3. 学=4　习=2

英语▶ 词汇归类(2)

一、1. rabbit horse squirrel sheep
2. bag ruler pencil crayon
3. four six eight ten
4. face foot leg hand
5. grandfather mother brother uncle

二、1. o,e 2. i,e 3. a,u 4. e,e 5. o,e 6. i

第52周

语文▶ 写自己的感想

略

数学▶ 排队求人数

一、6+9=15(名)

二、8+7−1=14(只)

三、6+6+1=13(只)

英语▶ 交际用语的运用(3)

一、1. C 2. A 3. E 4. B 5. D

二、1. C 2. A 3. B